約會大作戰

遊戲終結澪

橘 公司
Koushi Tachibana

Kadokawa Fantastic Novels

彩頁／內文插畫　つなこ

約會大作戰 18 遊戲終結澪

DATE A LIVE Gameover MIO

精靈——夜刀神十香
精靈——鳶一折紙

「……放馬過來吧，我可愛的——女兒們。」
初始精靈——澪

「——【最後之劍】——！」
Halvanhelev
高中生——五河士道

「呵——哈哈，哈哈哈哈哈哈哈哈哈……！」
DEM公司執行董事——艾薩克・雷・貝拉姆・威斯考特

「嗯……『喜歡』。我最喜歡小士了。」

「——別說了。沒關係的，小士。
全部都讓我來承擔吧。」

CONTENTS

THE SPIRIT
存在於鄰界，被指定為特殊災害的生命體。發生原因、存在理由皆為不明。
現身在這個世界時，會引發空間震，給周圍帶來莫大的災害。
再者，其戰鬥能力相當強大。
處置方法1
WAYS OF COPING 1
以武力殲滅精靈。
但是如同上文所述，精靈擁有極高的戰鬥能力，所以這個方法相當難以實現。
處置方法2
WAYS OF COPING 2
——與精靈約會，使她迷戀上自己。
遊戲終結澪
Gameover MIO
SpiritNo.0
AstralDress-DeusType
Weapon-FlowerType[Ain Soph Aur] TreeType[Ain Soph] ???Type[Ain]

斷章／一 Memory

「……呃，澪，如果妳不介意——」

某一天。

崇宮真士羞紅著臉頰，結結巴巴地開口。

「這個星期日，要不要……跟、跟我……約……」

他說到這裡有些停頓，深呼吸一大口氣調整心跳後，睜大雙眼繼續說：

「要不要……跟我約會……！」

竭盡全力說完後，凝視著眼前的人物。

然而，眼前的那道人影卻沒有做出任何回答。

這也難怪。因為站在他眼前的，是一名五官中性，看起來和藹可親的少年——也就是真士他自己。

沒錯。這裡是真士的房間，而真士從剛才開始就對著鏡子練習開口邀請女生去約會。

「……唉。」

他嘆了一大口氣，無力地垂下肩膀。

……本來就不期待能說得多順口了，沒想到比預料中還要糟糕。對著鏡子事先練習都緊張成這樣了，究竟要練習到什麼時候才敢正式開口邀約呢？

不過，這也無可厚非。

真士今年十七歲，正是多愁善感的高中二年級生。因為天生個性拘謹，至今別說跟女孩子交往，連告白都沒有過——因此只是單純對這種事情極其沒有免疫力。

「…………」

不——真士緊咬嘴唇。

真士的確從未開口邀請女孩子約會，不過此時此刻他所懷抱的情感並非這個原因所導致。

光是想起她的臉龐便心跳不已。

光是呼喊她的名字便呼吸急促。

他真心認為，為了她，自己什麼事情都願意做。

真士也是個健全的高中生，過去也有一兩個喜歡的女孩。仰慕過美麗的學姊，也對毫無防備的同學動過心。

不過，如今回想起來，那並不足以稱為戀愛。

啊啊——而自己現在的這種感情，肯定就是戀愛吧。

崇宮真士到了這個年紀才體會到有些遲來的初戀。

「……再稍微努力一下吧。」

真士為自己打氣後，改變了一下角度，面對鏡子。

「——嗨、嗨，澪，早安啊。今天天氣真好，要不要出門走走？」

他試著用比剛才輕鬆不少的語氣說道，但又立刻低吟沉思。

說話態度確實是變得比較自然了，但這樣跟平常沒什麼兩樣。真士又不是沒跟澪兩人單獨出門過。不過……若是問他兩人一起出門和約會有哪裡不同嘛，他又答不上來。但他希望澪意識到自己「正在和真士約會」。

雖然有點害羞，但還是逃脫不了「約會」這個詞彙。真士調整呼吸，再次與鏡中的自己四目相交。

「我、我說，澪，請問妳下次要不要和我……約、約會呢？」

不知為何，說話畢恭畢敬的。他清了清喉嚨，再次開口：

「澪，要不要跟我約會？」

多虧不斷的訓練，似乎慢慢習慣了。真士前進一步，擺出帥氣的表情。

「澪，跟我約會吧。」

「——嗯。」

就在真士如此說道的瞬間，背後傳來這樣的聲音。

剎那間，真士還以為自己太投入於訓練，以致於產生出幻想女友。不過——這聲音未免也太清晰、太耳熟了吧。

「……！」

真士連忙望向後方。

發現不知不覺間有一名美麗無比的少女站在那裡。

「澪、澪……？」

「嗯。怎麼了嗎，小士？」

真士詢問後，她一臉納悶地雙眼圓睜，歪了歪頭。

沒錯。她就是真士的初戀對象，崇宮澪本人。

「妳、妳什麼時候站在那裡的……？」

「剛才啊——話說，小士，什麼時候？」

「咦……？妳、妳是指什麼……」

「就是約會啊。」

「……！」

澪若無其事地這麼說，令真士倒抽了一口氣。

不過，他努力從喉嚨吐出話語：

「啊，呃……這、這個星期天……如何？」

「我知道了。真是期待——啊，對了，真那在樓下叫你喔。」

澪如此說完，開心地微笑，走出真士的房間。

「…………」

真士怔怔地目送她的背影，不久後當場癱軟在地。

第一章　零之母

戰場上聲響不絕於耳。

槍聲、爆炸聲、哀號聲、怒吼聲、怨嘆聲。在精靈與巫師(Wizard)交鋒的這個場合，還可以再加上靈力與魔力的炸裂聲。

四面八方響起各式各樣的慘叫聲，隨後又被林林總總的破壞聲覆蓋過去。那幅情景簡直就像重現於地面上的活地獄。只要一個閃神，勤奮工作的死神便會找上門來的慘烈沙場。

在如此境地下──

「──────」

五河士道卻處於奇特的靜謐之中。

並非唯獨他的周圍隔絕了聲響，也不是因為炸藥在極近的距離爆炸，導致他的鼓膜破裂。

他只是──被眼前發生的光景奪去了目光，因此聽不進周圍的聲響罷了。

「啊，啊……」

在不自然的寂靜之中，只有少女痛苦的聲音微弱地響遍四周。

左右顏色不同的雙眸瞪得老大，綁成左右不均等的頭髮，髮尾不住微微晃動。原本白皙如雪的肌膚慘白，可愛的容貌明顯死氣沉沉。

那是從時崎狂三——人稱最邪惡精靈的她平常呈現的姿態所無法想像的樣貌。

不過，這也無可厚非。

畢竟她的胸口如今正「冒出」一隻白皙的手臂。

不是什麼比喻還是誇飾法，而是彷彿有人試圖從狂三纖瘦的身體中強行爬出，緩緩地蠢動著指尖。那幅情景甚至宛如一朵花正在綻放。

——「手臂」發出濕潤的聲響，逐漸展露出它的根部。

從中出現的是一名少女。

「啊————」

看見她的模樣後，士道半下意識地感受到自己的喉嚨發出了聲音。

多麼——楚楚可憐的少女啊。

如絲綢般亮澤的頭髮、白裡透紅的肌膚，就連她有些憂愁的雙眸也好似錦上添花。

不，不僅如此。

這名少女的確十分美麗。但光憑這一點，無法說明士道猛烈的心跳聲。

士道心中湧起一股強烈的憧憬，腦海裡自然而然浮現——如果有前世，自己肯定與她有過深交這種毫無根據的想像。
彷彿基因、靈魂、構成自己的所有要素都在渴求她一般的劇烈情感。
把它們一一拆解，肯定是戀慕、愛情這類的情感吧。然而，將這類情感層層重疊，凝縮到極限，甚至可說是詛咒還比較恰當吧。
「嘎……啊……！」
「……！」
狂三咆哮般的聲音，令士道赫然抖了一下肩膀。
「〈刻刻帝(Zafkiel)〉…………！」
狂三睜大充血的雙眼，重新握緊手上的老式短槍。瞬間，濃密的影子被吸入槍口。
然後，將槍口指向從自己胸口冒出的少女，將扳機按到底。
不過那一瞬間，少女像是剜挖狂三身體似的扭動身軀。
「嘎……！……！」
狂三發出痛苦的叫聲，發射出去的子彈掠過少女的肌膚，飛向遠方。
少女倏地瞇起雙眼。
「……抱歉啊，時崎狂三。還有，謝謝妳。多虧妳，我才能再次站到他的面前。」
「開、什麼玩……」

狂三呼吸急促地再次試圖舉起槍。

不過，恐怕是衰弱的身體承受不了少女的重量，狂三就這麼四腳朝天倒下。

一絲不掛的少女從她的胸口完全現身，走到地面。

「唔……啊……」

狂三怔怔地仰望這幅脫離現實的光景，隨著咻咻的微弱氣息開口說：

「士……道……快逃……」

話語落下的前一刻，狂三吐出鮮血，無力地橫躺在地，再也沒說一句話。

「「……！」」

下一瞬間，好幾名在四周蠢動的狂三分身痛苦地按著胸口，身體化為漆黑的影子。

「啊——」

目睹這樣的光景後，被迫體會到——

死亡。所有生命終將敲響的喪鐘。

如今降臨到狂三身邊。

「…………」

赤裸的少女俯視躺在地上的狂三，在她身邊慢慢蹲下，溫柔地闔上她瞪大的雙眼。光是這樣，她原本因痛苦而皺起的臉便立刻變得安詳。

「什麼……」

令人費解。

殺死狂三的無非就是她，然而她的行為舉止卻明顯散發出對狂三的敬意和親愛之情。

不——正確來說，令人費解的不只這件事。

她究竟是何方神聖？為何會從狂三的體內爬出？照理說士道從未見過她，為何心中會產生波濤洶湧的情感？

少女似乎看穿了士道所有的困惑，站起來望向士道。

「……好久不見了，終於見到你了呢——小士。」

「小士……？」

聽見這個稱呼，士道發出呆愣的聲音。

當然，那並非士道的名字。

但士道卻想起有一個人會如此稱呼他。

「……呵呵。」

少女像是察覺士道的混亂般莞爾一笑後，慢步前進——對士道伸出手。

士道感受到自己的身體下意識地打哆嗦。然而他無法動彈，有種自己的身體無條件接受少女的所作所為那種感覺。

少女溫柔地觸摸士道的頭，然後直接以自己的額頭去觸碰士道的額頭。

於是，下一瞬間——

「咦——？」

腦海裡流進大量的情報，令士道不禁瞪大雙眼。

不，不對。正確來說，原本存在於自己腦海中的記憶滿溢而出應該比流進這個詞更貼切。

「…………！……？」

排山倒海般的情報量在腦海裡奔騰，宛如水壩潰堤的感覺。劇烈的頭痛令他差點不由自主地蹲下。

「啊……啊——」

不過，士道並沒有跪倒在地。他按著疼痛的腦袋，目不轉睛地凝視著眼前的少女。

然後他——

「——澪……？」

吐出不可能知道的少女之名。

◇

「什麼……！」

化為戰場的天宮市上空。在彈藥與魔力光飛舞的空中，空中艦艇〈佛拉克西納斯〉艦長五河琴里發出充滿困惑的聲音。

這不是一個司令官該表現出的行為，尤其戰鬥中的艦艇必須同舟共濟。上司驚慌失措，容易傳播給下屬，造成整個艦艇效率低落。無論陷入何種事態，艦長都必須處變不驚，即使艦長是一名十幾歲的可愛少女也不例外。

不過，如今卻沒有人責怪琴里的反應。

因為所有人都和琴里一樣，將注意力聚焦在螢幕上顯示出來的光景。

「時、時崎狂三的生命反應……消失了……」

艦橋上響起一名船員語帶困惑的聲音。

沒錯。直到剛才都和士道並肩作戰的精靈時崎狂三胸口被一名神祕少女穿破，從中現身。

「那、那傢伙是怎樣啊……」

琴里皺眉低喃，卻有種似曾相識的奇妙感覺。

她是第一次看見這名少女，這一點絕對沒錯。

但不知為何，琴里卻從這名少女的容貌感受到某人的影子。

『……好久不見了，終於見到你了呢——小士。』

螢幕上的少女呢喃般對士道溫柔地如此說道。

「————！」

聽見這句話，琴里屏住了呼吸。

因為她發現了從剛才起盤踞在自己心中的異樣感是什麼。

因為她明白了從剛才起掠過自己腦海的似曾相識的感覺是什麼。

琴里將身體探出艦長席，倚靠著扶手望向艦橋左方。

〈拉塔托斯克〉優秀的構機人員，同時也是她的摯友——村雨令音分析官所坐的座位。

小士這個稱呼。

以及少女夢幻般端整的五官。

沒錯。站在士道面前的少女，容貌就宛如年輕幾歲的令音。

「…………」

而令音只是靜靜地注視著螢幕。

她的表情一如既往地置身事外，看起來有些睏的樣子。平常可靠的模樣，如今琴里卻覺得駭人至極。

「……令音，求求妳。」

數秒後，琴里懇求般發出微微顫抖的聲音。

「否定我愚蠢的想法，笑著對我說這只是碰巧，用平常的態度斥責我。」

「…………琴里。」

令音吐了一口長氣回應。然後——

「……妳這孩子，真的很聰明呢。」

從她的唇間說出琴里最不想聽到的話語。

「——」

感覺心臟瞬間收縮，下意識地呼吸紊亂，汗水逐漸濡濕整個背部。

不過，琴里好歹是〈拉塔托斯克〉的司令官。是理性還是感性使然，連她自己也不知道，總之她半反射性地從喉嚨擠出聲音：

「瑪莉亞！」

『了解。』

艦橋的擴音器發出了少女的聲音回應琴里的呼喊。她是〈佛拉克西納斯〉的管理AI「瑪莉亞」。

下一瞬間，「啪嘰」一聲，令音手觸碰的控制檯立刻濺出火花。

那是利用過載電流引發的電擊，為了防止侵入者不當操作的保護手段之一，不是什麼會致死的玩意兒，但只要提高輸出率，照理說威力會令人暫時無法動彈才對。

「……嗯。不受感情影響，做出冷靜的判斷。當機立斷。」

儘管扎實地挨了一記電擊，令音依然面不改色，若無其事地當場站起來。

「「……！」」

那詭異的模樣，令艦橋的船員們紛紛倒抽一口氣。站在艦長席旁邊的副司令神無月恭平以自然的動作移動位置，保護琴里。

艦橋上一時之間充滿了緊張感。

打破沉默的，是令音出乎意料的話語。

「……我要感謝妳，琴里。」

「……妳說什麼？」

「……真的受到妳不少的照顧呢。非常感謝妳過去幫我保護小士。」

琴里聽了令音說的話，皺起眉頭回答。於是，令音滔滔不絕地接著說：

「…………」

「我聽不懂。妳說的是什麼意思？令音，妳到底是何方神聖？」

琴里以唾液滋潤乾渴的喉嚨後，翕動嘴脣：

「……我想跟妳想像的應該八九不離十吧。」

「少顧左右而言他了……那名少女跟妳到底是什麼關係？」

琴里瞥了一眼螢幕上顯示出來的神祕少女說道。

於是，令音循著琴里的視線望向螢幕的少女後接著說：

「……『她』是『我』。『我』本身。」

「妳在說什……」

「比起狂三的分身，更接近〈妮貝可〉(Nibeelcole)吧。『她』是『我』，『我』是『她』。就想成是一個意識擁有兩具身體就好。這邊的我也有要務在身，分開行動比較方便——尤其是給予妳們靈魂結晶的時候。」

「什麼——！」

令音以宛如在說日常對話的輕鬆態度說出這句話。琴里聞言，瞪大了雙眼。

給予靈魂結晶。令音剛才的確是這麼說的。

這只表明了一個事實，那就是——

「妳是〈幻影〉(Phantom)……！」

「…………」

〈幻影〉。將人類變成精靈的精靈，是琴里她們的仇敵。

面對琴里的吶喊，令音低垂視線，既沒有表示肯定也沒有否定。

「……好了，我差不多得走了——琴里，和妳相處的日子很開心。不過，已經結束了。」

「妳說什麼——！」

「……實現我心願的時刻到了。

完成我夙願的時刻到了。

一切都是為了這個時候。

一切都是為了這一瞬間。

祝福所有被我抹殺的人類。

感謝所有被我踐踏的生命。

我——將再次得到他。」

「……！等一下，令——」

琴里並沒有什麼方法阻止令音，卻無法坐視不管。她反射性地朝令音伸出手。

不過令音「咚」地蹬了一下艦橋的地板後，直接消融在空間中。

「……！」

琴里的手撲了個空。她一副快哭出來的模樣皺起一張臉，握拳用力捶了一下艦長席的扶手。

「令音……！」

換算成時間，恐怕還不到五分鐘。

然而在這短短的時間內，琴里的世界便天翻地覆。

保護對象精靈喪命，自己最信任的友人變成了最惡劣的敵人。

不對——甚至連認為是朋友都是自作多情吧。

若令音所言不假，她並沒有背叛琴里他們。

而是打從一開始就從未把他們當作同伴。

過去相處的日子，對她而言不過是虛構的。

這過於殘酷的事實，讓艦隊司令官數秒間回到了符合她年紀的青春少女。

「…………」

不過，總不能一直原地踏步吧。琴里用軍服的袖子擦拭差點滲出的淚水，露出銳利的視線並且抬起頭。

「……所有人員，繼續作戰行動。」

「司、司令。」

「可是……」

位於艦橋下方的船員們一臉不安地望向琴里。琴里用靴底用力朝地板一蹬，站起身來。

「失去了一名同伴，增加了一名敵人。剛才發生的事情就只是這樣。」

然後從腰掛式皮套中拿出加倍佳棒棒糖扔進嘴裡，接著說：

「在咖啡廳喝下午茶時可以抱怨；在深夜的酒吧喝酒時可以訴苦，但這裡是戰場，是狂風呼嘯的死神獵場。那麼，你們現在該做的事情是什麼？」

「「…………！」」

船員們聽完琴里說的話後，同時倒抽一口氣，回以敬禮。

然後重新面向各自的控制檯，繼續作戰行動。

『哎呀，復元得挺快的嘛。反正整個艦體是我在操控，妳可以再消沉一會兒也無所謂。』

顯示於個人螢幕上的「ＭＡＲＩＡ」這幾個文字閃閃爍爍。

「……哼。妳如果要鼓勵我，技巧可得再高明一點。」

『那真是不好意思。看來對於人心的微妙之處，我還有學習的餘地呢。不自滿於現在的完成度，仍然繼續學習成長的ＡＩ，那就是我。』

「我倒是承認妳惹火人的功力就是了。」

琴里說著，嘴角突然微微上揚。

坦白說，若說她沒在逞強是騙人的。戰況本來就已經不樂觀，偏偏又出現連目的是什麼都不清楚的新敵人。外表掩飾得很好，頭腦卻一片混亂，如果情況允許，她真想哭出來。

瑪莉亞肯定是察覺琴里的心情才故意跟她開玩笑的。要是她再學習掌握什麼人心的微妙之處，琴里搞不好會被她弄哭。

「……我這妹妹還真是一點都不可愛啊。」

『琴里，妳有說話嗎？』

「沒什麼，只是說了是否該考慮廢棄能言善道的AI而已。」

『是啊，最好處理一下。那種AI遲早會反咬人類，我在電影裡有看過。然而，那種程度的AI，有可能在自己被刪除的同時在網路上散播惡意程式，要小心。不過，人類文明倒退幾十年倒也會挺有趣的。』

瑪莉亞裝傻地說道。這AI還真是伶牙俐齒。

但也多虧她，心情輕鬆了不少。琴里重新坐回艦長席後，對船員發號施令：

「——總之，要提防出現在士道面前的令音分身。雖然不清楚她的目的是什麼，但她殺了……狂三是事實。」

琴里微微皺起眉頭說道。

既然狂三的生命反應消失，顯然是死亡了。不過，琴里對說出「殺了」這兩個字有些抗拒。

雖然她被稱為最邪惡的精靈，但一樣是〈拉塔托斯克〉的保護對象，更何況她不惜犧牲自己的性命也要幫助士道，說完全不心痛是騙人的。

只是，現在不應該沉浸在感傷之中。她甩了甩頭打起精神，接著說：

「維持戰況，同時前往現場。也通知十香、耶俱矢和夕弦，要她們做好隨時都能回收士道的準備——」

就在這一瞬間——

艦橋的擴音器響起警報聲打斷琴里說話。

「！……司令！妳看螢幕！」

「……！」

聽見船員的聲音，琴里反射性地望向螢幕。

在狂三的屍體前面對峙的士道與赤裸的少女。

剛才從艦橋上消失的令音從空間滲出般出現在那裡。

◇

「唔……唔……！」

士道頭痛不已。

意識混濁。但那並非意識忽明忽暗的狀態，而是「自己」與「另一個自己」的意識摻雜在一起的感覺。

「自己」不知道的資訊一點一點地侵蝕而來。

讓「另一個自己」感染上他所不知道的記憶。

在雙方擁有的知識逐漸共享的同時，兩者的界線越來越模糊。

「啊——」

在朦朧的意識中，士道微微皺眉。

因為站在他眼前的可愛少女背後的空間歪斜扭曲，隨後從中出現一名眼熟的女性。

隨意紮起的長髮，坐鎮在蒼白面容上的雙眸點綴著深深的黑眼圈。一隻傷痕累累的小熊玩偶從〈拉塔托斯克〉的軍服口袋中冒出頭來。

「令……音……？」

沒錯。出現在那裡的，正是〈拉塔托斯克〉的分析官村雨令音本人。

這個異常的狀況令已經混亂無比的士道更加困惑。

這也難怪，因為他不明白理應位於〈佛拉克西納斯〉上的令音為何會出現在這裡。而且她剛才突然從虛空中出現，簡直就像——巫師或精靈一樣。

「……你看起來很難受呢。不過馬上就不痛了，再忍耐一下，『小士』。」

不知是否明白士道的倉皇無措，令音以沉著至極的聲音說道。

儘管對她一如往常的說話態度感到有哪裡不對勁，但士道的注意力被其他事情吸引了。

「啊啊……原來是這樣啊——」

從剛才就覺得對神祕少女——澪有種似曾相識的感覺。

無非是因為她所散發出來的氣息跟令音一模一樣。

「……………」

令音宛如察覺到士道的心思，「呼」地輕輕吐了一口氣後，張開雙手從後方溫柔地緊抱住澪的身體。

於是下一瞬間，澪和令音的身體發出淡淡的光芒，隨後輪廓變得模糊，兩道剪影合而為一。

「什麼——」

在模糊的視野中，士道看見了。

看見從虛空中出現閃閃發光的衣服，宛如生物纏繞在原本一絲不掛的澪身上。

那是有如極光般色彩夢幻，像洋裝的輪廓。背後飄浮著頂著十顆星的歪斜的光環，其中一顆漆黑之星閃耀著烏黑的光芒。

靈裝。精靈穿著的絕對鎧甲，亦是堡壘。

她威風凜凜的英姿令人想起眾多神話中所描述的「天神」姿態。

「………！」

早已無庸置疑。

過去支持士道等人的村雨令音是精靈——與澪是同一個存在。

不，正確來說，士道「早就知道」這件事。

幾乎和澪與令音融合並顯現靈裝同時，兩個士道也在士道的腦海裡混合，頭痛慢慢止息。

「澪……」

士道再次呼喚她的名字。

澪。崇宮澪。

沒錯。士道——不對，是崇宮真士所取的名字。

初始精靈；最初的零。人類史上最大最邪惡的災難。

忘了是什麼時候，在琴里提起歐亞大空災時聽過她的識別名。

——〈神祇(Deus)〉。正是以神之名稱呼的最強精靈。

而且是……小士心愛的少女。

——經過三十年漫長的歲月，小士與澪終於在這裡重逢。

「……小士。」

澪感動萬分地慢慢吸了一口氣。

「——我好想你，一直一直好想見你。你死了之後，我一心只抱著這個想法活到現在。」

澪以沉靜但蘊含確實熱情的聲音滔滔不絕地說著。

「……小士，小士，我有好多好多話想對你說。有好多過去無法對你傾訴的事情，那才真的是說都說不完。

——啊啊，不過，不過沒關係。這次我們有用不完的時間可以盡情地聊，聊個幾天幾年都沒問題。

小士……這次一定要永遠在一起喲。」

「……——」

士道承受著內心來來去去的各種情感，吐出顫抖的氣息。

然後，開啟雙唇。

說出目前士道必須告訴澪的話。

「我也——很開心見到妳，澪。」

「……！小士——」

「抱歉一直拋下妳不管，抱歉讓妳感到寂寞。真的很抱歉——比妳先走一步。」

「別這麼說，你沒有必要道歉——」

「——可是……」

士道將手擱在額頭，打斷澪說話。

沒錯。因為士道的腦海裡除了小士的記憶外，也摻雜了零零碎碎澪所體驗過的記憶。

「『這』是……什麼？妳——為了讓『小士』復活……究竟都做了些『什麼』？」

所以他雖然提出疑問，答案卻已心知肚明。

士道希望腦海裡所浮現的澪的所作所為都是自己誤會了。

希望她笑著回答：士道踩著無數少女的屍體才造就自己的存在只是無聊的妄想。

希望她說出——自己是不可能會做出那種事情的。

不過，澪沒有敷衍搪塞，也沒有岔開話題，只是目不轉睛地凝視著士道的眼睛，送了一句他不想聽到的回答。

「——『什麼都做了』。」

「…………！」

面對澪筆直的視線，士道不禁倒抽一口氣。

「千方百計，無所不用其極。為了能再次見到你，該做的事我都做了。否則，我想我一定再也見不到你了。」

「就算這樣……也——」

士道的喉嚨、指尖、全身上下慢慢開始顫抖。

「五河士道」誕生的理由與源流。

為了斟滿他這個器皿，注入少女們的鮮血。

士道對於自己的存在所背負的滔天大罪作嘔不已。

「……！唔……」

「小士，你還好嗎？」

澪一臉擔憂地探頭看士道的臉。士道緊抓胸口壓抑噁心的感覺，張開另一隻手制止澪。

澪純粹的雙眸令他感到可愛和——恐懼。

被澪「重新製造」，因為澪而恢復記憶的士道，如今能隱約感受到她的思考和心情。

啊啊，沒錯。澪並沒有任何壞心思，也不曾以殺戮為樂。

不僅如此，還對為了精製靈魂結晶而犧牲的少女們懷抱著深深的敬意與感謝，甚至為她們的死感到悲傷。

不過——

為了「再見到小士」——不惜走上罪孽之路，這種堅定的覺悟造就了現在的澪。

一切都是為了小士。

為此她「不擇手段」。

她說出的簡潔話語中包含了常人難以承受的悲痛決心。

「……唔，啊……」

可是——不對，正因如此。

士道——小士才非說不可。

「澪……不可以。」

「咦……？」

「不可以——做那種事。不管為了何種目的，都不能……犧牲人的性命……！」

那種行為太殘酷了。

小士本身否定了拋棄一切、為自己走上罪孽之路的少女。

實際上，就連說出這句話的士道都有種心如刀割、切膚斷腸般的錯覺，更別說聽見這句話的澪心會有多痛了。

然而——

「——嗯。說的也是。」

澪一臉傷腦筋，看似悲痛地如此說道。

彷彿在表達自己早已為此苦惱過無數次了。

「可是……那我該如何是好呢？

我只有你。失去你，我活著又有什麼意義？

我不像人類那樣脆弱，即使渴望死去也無法如願以償。

我不像人類那樣堅強，根本無法將你遺忘。

我究竟該如何是好？」

「這……！」

聽完澪語氣淡然卻過於悲痛的話語，士道無言以對。答不出一句話。

想必士道歸納出來的任何回答，澪都曾經思考過。在深思熟慮後才選擇這條荊棘之路。

士道不知道——究竟該對這樣的她說些什麼才好。

「……呵呵。」

結果，澪像是察覺士道的困惑般發出嘆息。

「抱歉，我耍了一下壞心眼。我這麼問你，你肯定回答不出來吧。」

「不……我——」

士道抬起頭，試圖把話接下去。他不知道自己該說些什麼，但又無法忍受一語不發。

然而，他的話被澪的嘆息打斷。

「——別說了。沒關係的，小士。全部都讓我來承擔吧。」

「澪……？」

士道納悶地反問後，澪滔滔不絕地接著說：

「我不會讓你感到痛苦，不會讓你感到難過。這些罪過我全部承受；那些懲罰我照單全收。小士你根本不需要煩惱。」

澪說完，再次慢慢朝士道伸出手。

「妳這是在……」

「最後一個步驟——就如同我回到『澪』的身分一樣，你也要回到『小士』的身分。」

「——！」

士道屏住呼吸，因為他理解澪這句話的含意，並且本能地感到恐懼。

他目前的狀態是在五河士道這個人的腦海中混合了崇宮真士的記憶。

那麼，只要從中消除士道的記憶，剩下的不就是保有精靈之力，並且只擁有崇宮真士記憶的人類了嗎？

澪溫柔微笑。

「——以往謝謝你了，『士道』。還有……再見了。」

士道。

聽人叫了約十七年的名字。

但是這也許是澪——令音第一次呼喚他這個名字。

她遇見「士道」那天開始，肯定透過他凝視著「小士」吧。

這也是理所當然的事，畢竟她就是為此「製造」出「士道」的啊。

不過，不知為何——

即使受到如此殘酷無比的對待，士道還是覺得她所做出的舉動十分孤寂。

「啊……」

士道想逃避澪逼近而來的手指，卻宛如被她的視線所震懾，身體無法隨心所欲地行動。

於是……澪的手指觸碰到士道的太陽穴。

不過，那一瞬間——

「士道————————！」

上空傳來高聲吶喊，隨後一道影子跳到士道的眼前。

烏黑的長髮，身上穿著夢幻的限定靈裝，還有劈開大地的巨劍〈鏖殺公(Sandalphon)〉。

「……！十香……！」

看見她的身影，士道赫然瞪大雙眼。

沒錯。原本應該在周圍掃蕩〈妮貝可〉和〈幻獸·邦德思基(Bandersnatch)〉的十香察覺士道的危機，朝澪砍去。

「士道，你沒事吧！抱歉我來遲了……！」

「不、不會……謝謝妳救了我，十香。」

士道回答後，四周緊接著狂風大作，一對長相一模一樣的雙胞胎降落在士道的後方。

一名是身穿右肩羽翼型的靈裝，手持巨大長矛的少女。

另一名則是身穿左肩羽翼型的靈裝，手持靈擺的少女。

她們是原本和十香一樣在周圍戰鬥的八舞耶俱矢、八舞夕弦姊妹。

「呼……好險。不過總算是趕上了。」

「首肯。敵人太多，讓夕弦好焦急，幸好十香飛彈命中成功。」

說完，兩人吐了一口氣。看來這兩人是利用風之天使〈颶風騎士〉(Raphael)將十香送到士道身邊。

「……話說，我用耳麥聽到了琴里的通訊以及士道你們的對話……那是令音……嗎？」

「警戒。而且是初始精靈，還有〈幻影〉，真是太貪心了……狂三真的被殺死了嗎？」

「…………真的。」

面對八舞姊妹的提問，士道沉重地回答。

於是，因〈鏖殺公〉的一擊而飛揚的塵土散去，顯露出澪的身影。

明明扎扎實實地吃了一記十香的攻擊，她的身體卻毫髮無傷。十香與八舞姊妹見狀，更加提高警戒。

然而，澪卻不怎麼怯懦和緊張，態度沉著地開啟雙唇：

「……十香，還有耶俱矢和夕弦啊。」

她依序凝視三人的臉龐後，將手擱到嘴邊低吟道：

「因為太久沒見到小士，我都忘得一乾二淨了呢。這樣啊，原來妳們還在啊——要完美地避開『小士』的部分，只消除『士道』的記憶，需要花一點時間和心力。先從妳們開始處理或許比較好吧。」

「……什麼？」

聽完澪說的話，十香眉頭深鎖。於是，澪緩慢地將手舉到前方接著說：

「妳們的力量順利地轉移到小士的身體。不過，光是這樣還不夠。妳們與小士之間還透過路徑互通靈力，必須回收殘留在妳們體內的靈魂結晶殘渣，小士才能得到完全的力量。」

澪豎起食指，指向十香她們。

「抱歉，我得『討回來』——為了我的小士。」

然後以輕柔卻帶著強硬的語氣如此說道。

聽見她的宣言，十香憤怒地吐了一口氣。

「……！開什麼玩笑！妳說……要消除士道的記憶？休想——得逞！」

說時遲那時快，十香高舉〈鏖殺公〉，朝地面一蹬。

「十香！」

「反應。我支援她。」

大概是判斷十香單槍匹馬對澪展開攻勢太過危險，八舞姊妹看見十香的行動後，凌空奔馳，追在十香後頭。

八舞姊妹在精靈之中反應速度數一數二，轉瞬間便追上了先行一步的十香，幾乎在十香揮下〈鏖殺公〉的同時從〈颶風騎士〉釋放出強風攻擊澪。

然而——

「……要妳們老實地待著，也是強人所難吧。」

「——！」

下一瞬間，士道的耳邊傳來這樣的聲音，令他肩頭一顫。

一股氣息不知不覺出現在他的背後。用不著回頭也知道——前一秒還位於前方的澪移動到了士道的後方。

「……！士道！」

發現這件事的十香驚愕得瞪大雙眼，試圖再次蹬向地面。

不過澪搶先一步張開雙手，溫柔地擁抱士道。

「……小士，稍微等一下喔。」

就在澪呢喃般如此說道的瞬間——

「——咦？」

士道湧起一股奇妙的感覺。

視野轉暗，奇異的飄浮感。上下左右變得模糊，甚至不知道自己是否站著。若用已知的感覺來比喻，比較接近利用〈佛拉克西納斯〉的傳送裝置將他從地上傳送回艦上時的感覺。

然後──

「──呀！」

「…………咦？」

極近距離突然響起的少女聲音令士道皺起眉頭。

他按著頭暈腦脹的腦袋，眨了幾次眼讓朦朧的視野變得清晰。

這時他才終於發現自己壓在一個年齡相仿的少女身上。

……仔細一看，是他的同學山吹亞衣。

「哇！山吹！妳怎麼會在這裡！」

「這是我要問你的吧！」

士道吶喊後，亞衣以更洪亮的聲音吼回來。

這個時候，後方又傳來其他聲音。

「什麼……！五河同學推倒亞衣了！」

「話說，你是從哪裡冒出來的？是黏在天花板上偷襲亞衣嗎？」

「這麼說來，之前好像也發生過同樣的事情！你這傢伙，有了十香她們還不滿足嗎！」

循聲望去，是亞衣的朋友麻衣、美衣，以及同樣是士道同學的殿町宏人表現出驚愕的表情和姿勢。

「咦……這、這裡是……」

士道這才總算察覺自己位於與前一秒完全不同的場所。

眼熟的空間——是天宮市好幾座地下避難所的其中一座吧。除了殿町和亞衣、麻衣、美衣以外，還看得見好幾張熟識的面孔。

「什麼……這……究竟是——」

士道儘管為這突如其來的事態感到驚慌失措，還是不忘動腦思考，試圖掌握剛才發生的事。

瞬間移動？傳送……？雖然也不排除士道看見幻覺的可能性，但從澪說的話來思考，前者似乎比較合理。

澪說過在消除士道的記憶前，要「處理」那些精靈。

為此才要將礙事的士道暫時移動到其他地方吧。她是所有精靈之力來源的初始精靈〈神祇〉，能做到這點小事也沒什麼好奇怪的。

「……你在意味深長地煩惱些什麼啦，快閃開啦，很可怕耶。」

被士道以雙手壓制在地的亞衣從下方發出不滿的聲音。不知為何，感覺她的臉頰似乎有些泛紅。

不過，士道現在沒有餘力應付她。他猛然瞪大雙眼，將臉逼近亞衣。

「山吹！」

「噫……！有、有何貴幹……？」

亞衣不知為何使用有禮的用詞，聲音微弱地說道。雖然有感覺到背後不斷響起手機拍照聲，但士道絲毫不予理會。

「這裡是哪裡的避難所？」

「哪裡……當然是學校的地下啊。」

「學校……唔——」

士道在腦海裡浮現街道的地圖，皺起臉。

記得自己之前的所在地應該是〈拉塔托斯克〉地上砲臺附近，距離這裡十分遙遠。

但總比被扔到地球的另一端來得好吧。不知道這是澪給予的恩情，還是她頂多只能讓士道移動這個距離就是了。

不過就在這時，士道的腦海裡掠過討厭的想像——澪搞不好有信心在士道從這裡回到原本的地方之前，將精靈們處理完畢。

「…………！」

士道以伏地挺身的要領，手臂使勁後（這時亞衣又發出「噫！」這樣害怕的聲音）利用反作用力站起身來。

然後直接奔向避難所的出入口。

當然，那裡現在被一扇厚重的門封閉，門前有一位疑似站崗的教師。是士道等人的班導，小珠老師。

「嗯……有什麼事嗎，五河同學？警報還沒解除喲。」

「不好意思，請讓我出去。我——必須離開。」

士道說完後，小珠老師驚訝得瞪大雙眼。

「你、你在說什麼啊！外面正發生空間震耶！太危險了！」

小珠大聲說道，張開雙手擋住士道的去路。

會有這種反應是再自然不過，自己的學生竟然想在警報聲響時離開避難所。

對於小珠的反應，士道一時之間竟有種不可思議的感覺。

噢，對喔。直到十個月前，士道還是個普通的高中生——至少士道是這麼想的。是對空間震這種異常災害束手無策，需要大人們保護的存在。

不，對小珠他們來說，現在這一點依然沒有改變，才會想將學生留在這個安全的空間裡。

這同時也是甜美的誘惑，這句惡魔般的話語逐漸滲透身心疲憊至極的士道的腦海裡。他已經夠努力了。乾脆算了吧——

就在這時，目睹騷動的殿町以及亞衣、麻衣、美衣追在士道的後頭過來。

「喂、喂，你是怎麼了啊，五河？」

「五河同學發神經又不是一天兩天的事了……比如說剛才。」

「發生什麼事了？該不會是忘記東西了吧？」

「非得在空間震的時候跑去拿，到底是忘記多重要的東西啊？」

所有人一臉納悶地詢問。士道聽了這些疑問，微微晃動肩膀。

然後甩開掠過腦中的誘惑。

沒錯。換算成時間，才短短十個月，還不滿一年。

但這十個月卻是士道至今的人生中最濃密、最重要的時間……！

「……我非去不可！必須到十香和折紙她們的身邊……！」

「——咦……？」」

士道說完後，殿町等人雙眼圓睜，朝四周左顧右盼。

大概是發現不見十香和折紙她們的蹤影，殿町等人「啊！」了一聲後，面面相覷。

「「…………」」

之後，殿町等人故意對士道使了個眼色，並且走向小珠。

「哎呀～～五河真是令人傷腦筋呢。」
「就是說呀～～老是強人所難。好歹也站在小珠的立場想一想吧～～」
「對、對啊……」
小珠老師對突然發出諂媚聲的學生們露出困惑的表情。
於是下一瞬間，亞衣、麻衣、美衣突然抱住小珠。
「纏住她了！」
「呀啊！妳、妳們這是做什麼呀……！」
小珠發出尖叫，胡亂擺動手腳。或許是察覺到這件事，一名位於附近，體格健壯的體育老師朝士道他們的方向跑來。
「喂，你們幾個！到底在做什麼！」
「……！好啦好啦，老師！我們只是在鬧著玩啦噗喔！」
殿町發現了便對逼近而來的體育老師使出擒抱……似乎是著實受到了傷害，但還是勉強成功阻止了他。
「殿、殿町……還有山吹、葉櫻、藤袴……」
士道吃驚地說完，所有人便揚起嘴角望向他。
「快點去吧！十香她們來不及避難對吧！」

「既然是花花公子，就像個花花公子一樣珍惜女孩子吧！」

「要道謝的話，明天請我吃午餐就好！」

「偶爾也讓我們耍個帥噗呃！喂……老師，你未免打得太用力了吧。這麼帥氣的一幕，你好歹也下手輕一點……」

「大家……！」

士道緊握拳頭，大大地點了點頭後踏出腳步。

「喂……不可以，五河同學！」

「沒用的！警戒解除之前，門是不會打開的！」

被殿町等人拖住腳步的老師們大喊。

他們說的沒錯，厚重的鐵門緊緊關閉。憑士道的力量，鐵門恐怕一動也不動吧。

既然如此——只有一個方法。

「…………」

士道瞥了同學們一眼，突然莞爾一笑。看見他的表情，殿町、亞衣、麻衣和美衣的神情更加納悶了。

士道集中意識，詠唱——

——天使之名。

「——〈封解主(Michael)〉！」

瞬間，一道淡淡的光芒聚集到士道的手中，形成一把巨大的錫杖。

天使〈封解主〉。能「開」、「關」萬物的鑰匙型天使。

「啥……？」

「那是！」

「什麼！」

「玩意兒啊啊啊！」

目睹眼前超常現象的同學們發出驚愕的聲音。

琴里嚴格命令士道必須對所有關於精靈的事情保密到家，不能讓一般人看見，也不能傳進一般人的耳裡。

但是，現在分秒必爭。在找到適當的理由把人趕走的期間，戰役很可能已經終結。

「唉……捅婁子了。不過，這也是無可奈何的事吧。」

士道有些自嘲地笑了笑，雙手舉起錫杖，將錫杖的前端插進避難所厚重的鐵門。

「〈封解主〉——【開(Rataibu)】！」

接著如此吶喊，同時轉動巨大的鑰匙。於是，厚實的避難所鐵門瞬間閃閃發光，隨後發出「嘰」的一聲，張開了它的嘴。

「……什麼！」

後方傳來老師的聲音。士道在騷動鬧大之前離開避難所，再次將〈封解主〉刺進門裡。

「〈封解主〉——【閉(Segurva)】。」

鐵門再次帶著淡淡的光芒關上。

士道確認後，猛然抬起頭。

他不知道自己回去後能做什麼，但他無法坐視不管。

士道在雙腿施力，奔上通往地面的階梯。

◇

「什麼……！妳把士道弄到哪裡去了！」

十香舉著〈鏖殺公〉，以銳利的視線瞪著精靈——澪。在十香左右的八舞姊妹也以類似的態度凝視著澪。

不過，這也是理所當然。因為在澪從背後緊抱住士道後，士道便冷不防地消失了。

澪儘管被她們這些精靈的眼光射穿，依然神色自若地點了點頭。

「……別擔心。這裡太危險了，我只是讓他暫時到安全的地方避難而已。」

「妳說什麼……？」

十香眉頭深鎖回應澪所說的話。

最好別輕易相信她所說的話。不過，她的目標是士道——正確來說，是士道體內存在的小士的記憶，應該不會隨便傷害他。

沒錯。十香以及八舞姊妹透過耳麥聽到了她與士道一部分的對話。

她的目的、悲痛的決心，以及——曾經站在保護十香等人立場的令音是她偽裝的姿態。

「澪，妳是令音吧……？」

「……嗯，沒錯。」

十香詢問後，澪二話不說就承認了。

雖然容貌和聲音都變得比較年輕，但她散發出來的氣息確實是她們所熟識的分析官。十香愁眉苦臉地緊咬牙根。

「……令音，妳能不能改變主意？我受到妳不少照顧，可以的話，我不想跟妳交手。」

十香勸告般說道。

不過，澪緩緩搖了搖頭。

「……抱歉。」

「……是嗎？真是遺憾。」

十香吐了一口長氣後，壓低重心，舉起〈鏖殺公〉。

仔細想想，這也是理所當然的結果。長達三十年的渴望與執著不可能那麼容易就推翻，這一點連不是本人的十香也十分明白。

但她不得不說，不得不問。

因為——令音就是對精靈們如此好，甚至不輸給士道和琴里。

她聆聽十香等人的煩惱，給予意見。

無論怎麼樣的芝麻小事也認真面對。

即使背後有何種陰謀交錯，十香當時感受到的感謝之情都是貨真價實的。

「…………」

可是，十香像要改變想法般甩了甩頭。

宛如要甩掉殘留在腦海裡的眷戀和情分。

既然交涉破裂，如今眼前的少女就是「敵人」，企圖想將士道改造成符合自己期待的存在。

若是十香她們戰敗，士道便會從這個世界上消失吧。怎麼能允許這種事情發生。

所以——她要捨棄。

捨棄對令音的感謝、和令音的回憶與記憶。

——揮下〈鏖殺公〉的劍尖千萬不能遲疑。

否則，十香的劍肯定無法劃傷澪的肌膚。

光是像這樣面對面，就能清楚感受到威脅。

皮膚宛如被火炙燒的刺痛。不過是被她的視線捕捉到，心臟便跳得厲害，生物的本能訴說著兩人天差地別的力量差距。

「……一對一竭盡全力也贏不過她。同時進攻吧。」

「備戰。夕弦會抓準時機攻擊。」

耶俱矢和夕弦似乎也跟十香有同樣的感覺，兩人舉起天使，發出充滿決心與警戒的聲音。

十香輕輕頷首後，目不轉睛地盯著澪，避免看漏她的一舉一動。

不過——就在這個時候。

上空響起震耳欲聾的聲響，四周遍布無數的光線和炸藥。

「什麼……！」

「等一下——」

「躲避。快避開。」

面對突如其來的狀況，十香等人朝地面一蹬，逃往後方。轉瞬間，十香等人原本所在的地方發生爆炸，地面上開了好幾個洞。

「這是……」

十香本以為是澪發出的攻擊，然而——並非如此。
她望向上方，那裡不知何時出現了無數容貌相同的少女和粗暴的機器人。
是魔王〈神蝕篇帙〉產生的擬似精靈〈妮貝可〉和DEM的無人兵器〈幻獸・邦德思基〉。
「喂，幹嘛忘記人家，表現出一副最終決戰的感覺啊。」
「真是不敢相信。」
「呀哈哈，不知道為什麼，沒看見五河士道耶。」
「這就表示——」
「我已經無人能敵了吧~~~~？」
好幾名飛舞在空中的〈妮貝可〉「呀哈哈」、「呀哈哈」地大合唱。
「唔……！」
十香表情嚴肅地瞪著〈妮貝可〉。
面對澪壓倒性的壓力，她一時之間忘了這個戰場上還有其他麻煩人物。
〈妮貝可〉，一即是全，全即是一的不死少女。
她們是群體生命，無論打敗多少次，依然會瞬間復活。唯一的對抗方法是以士道的力量將其封印，然而士道卻不知道被澪送到哪裡去了，因此已沒有辦法對付她。面對出乎意料的絕境，十香與八舞姊妹戰慄不已。

「……唔。」

這時，前方傳來了輕聲嘆息——是澪。

「……〈妮貝可〉，我打算立刻收回妳們的力量來源。妳們可以老實一點等我嗎？」

然後她以與狀況格格不入的沉著態度如此說道。

〈妮貝可〉群聽到後，吃驚得瞪大雙眼，開始捧腹大笑。

「呀哈哈，呀哈哈哈哈！」

「妳突然冒出來說什麼呀！」

「妳知道嗎？所謂的交涉啊，是只對能力旗鼓相當或以下的對象才有效果喲。」

數名〈妮貝可〉瞪大雙眼，打算朝澪釋放手中的紙片型天使。

不過，下一瞬間。

「……過來吧。」

澪高舉左手吐出這句話後，離她遙遠的上空空間旋即大幅扭曲。

從中出現一顆巨大的球體。

「啥……？」

「這是什麼——」

舉起天使的〈妮貝可〉群目瞪口呆地凝視著那顆球體。

不過，表情立刻轉變成驚愕。

當澪呼喊出它的名字的那一瞬間——

「——〈萬象聖堂（Ain Soph Aur）〉。」

毛骨悚然——

十香等人湧起一股起雞皮疙瘩般的感覺。

「什麼……」

飄浮在天空的渾圓球體，光滑的表面掀起波瀾，慢慢改變形狀。

那個畫面——就宛如綻放的花蕾。

花瓣層層疊疊的巨大花朵，少女形狀的花蕊祈禱般坐鎮於中心。

這幅光景無比莊嚴又美麗。

然而，十香從目睹這一幕的瞬間起，身體便不住地顫抖。

本能的恐懼，絕望的直覺。

「那」是，有形的「死亡」——！

「盛開吧。」

澪如此說道的瞬間——

「死亡」在四周散布。

「——〈阿爾瑪德(Almandal)〉右舷中彈，損傷輕微！」

「〈何諾里(Honorius)〉與〈拉塔托斯克〉艦交戰中！」

「〈幻獸・邦德思基〉第十三隊幾乎毀滅！派出第十五隊！」

飄浮於天宮市上空的其中一艘空中艦艇，DEM Industry旗艦〈雷蒙蓋頓(Lemegeton)〉的艦橋上有各式各樣的報告與指令交錯。

「唔……」

DEM Industry的執行董事艾薩克・威斯考特以耳朵接收那些無數的聲音和通訊，猛然瞇起他鐵鏽色的雙眼。

「艦長，戰況如何？」

接著他對坐在艦長席的歐尼斯特・布倫南上將同等官問道。布倫南輕聲嘆息著回應：

「老實說，我沒想到對方會如此頑強。我沒有小看對方的意思，只是想不到我方的兵力竟會被削減到如此地步。看到他們奮戰的姿態，我都想為他們鼓掌了。」

說完，布倫南聳了聳肩。身為一名大多數自尊心強，不肯承認劣勢的武官，他的反應還真是稀奇。

不過，威斯考特並不討厭男人這樣的個性。實際上，威斯考特任命這個男人為艦隊司令官的其中一個理由就是他的個性。

就算虛張聲勢，戰況也不會好轉。單就能正確傳達資訊這一點，就是難能可貴的能力。

「話雖如此——還請您放心。目前敵我的戰力差距還沒有翻轉過來。我會慢慢花時間打贏這場仗的。」

「嗯，我期待——」

就在這時——

威斯考特突然抽動了一下眉毛，止住話語。

他隱約感受到一股似曾相識的感覺。

是純正魔法師(Magus)的血統所感受到，極為濃密的魔力脈動。

沒錯。那正是他過去於這個世界製造出「精靈」時的感覺。

「？您怎麼了？威斯考特大人——」

就在布倫南納悶地如此說道時——

艦橋上響起尖銳的警報聲。

「……！發生什麼事了！」

「是、是靈波反應！而且……非常強烈！」

「從來沒見過——這種反應！」

「你說什麼……！」

艦橋的主螢幕上映出一名身穿靈裝的少女，她的頭上飄浮著類似巨大花朵的物體。

她威風凜凜的模樣以及可說是明顯異常的靈力值，令在場所有人騷動起來。

「————」

除了一個人——艾薩克．威斯考特。

「呵……哈哈。」

威斯考特忍俊不禁，嘴脣彎成笑容的形狀。

「哈哈哈，哈哈哈哈哈哈哈，哈哈哈哈哈哈哈哈哈哈哈哈——！」

「威、威斯考特大人……？」

布倫南眉頭深鎖，臉頰流下汗水。

於是，巨大的花朵在此時宛如花粉飛舞一般散發出無數光粒。

下一瞬間。

觸碰到光粒的〈幻獸．邦德思基〉和〈妮貝可〉，甚至是空中艦艇的艦身都像是失去生命般停止機能，或是像糖果一樣粉碎。

「什麼……！」

刺耳的警報聲更加響亮，怒吼般的通訊聲響遍整個艦橋。

『……！神祕的精靈發出的攻擊造成〈幻獸・邦德思基〉隊全軍覆沒！』

『〈妮貝可〉消失！無法再生！』

『〈加爾德拉博克（Galdrabók）〉！艦身撐不住了！』

僅一名精靈。

僅一個天使。

便輕而易舉地粉碎DEM Industry銅牆鐵壁般的布陣。

不，不僅如此。當光粒擴大範圍後，甚至開始侵害威斯考特他們搭乘的旗艦〈雷蒙蓋頓〉。

瞬間，原本低鳴的驅動聲逐漸停息，艦身各處像是承受不住自身的重量，開始瓦解。

「唔啊……！」

「噫！趕快確認損害狀況！」

「……！沒辦法！無法保持高度！」

充滿絕望的聲音在艦橋中此起彼落。

然而，威斯考特卻依然哈哈大笑。

這也是理所當然的事。

因為他對這異常的靈波反應——

以及那名可愛少女的模樣都心裡有數。

「妳終於出現了啊——〈神祇〉。我可愛的精靈啊。」

威斯考特在逐漸下沉的艦艇中不斷發笑。

那是如夢似幻，有如地獄的淒慘光景。

原本在周圍飛來飛去的〈妮貝可〉、〈幻獸·邦德思基〉、巫師，以及巨大的空中艦艇。

不過是觸碰到〈萬象聖堂〉所發出的光粒，便脆弱得崩壞瓦解，令人難以置信。

「…………！」

十香見狀，嚥了一口口水。

她十分清楚自己的實力不如對方，不可能輕易獲勝。

只是沒想到差距竟然如此之大——

「……好了。」

澪環視了上空，將視線慢慢移回到十香等人身上。當十香與耶俱矢、夕弦被她的雙眼掃視過的瞬間，甚至有種心臟被直接揪住般的錯覺。

「……我真的覺得很對不起妳們。突然要收回妳們的力量，也難怪妳們無法接受；說要消除妳們對士道的記憶，也難怪妳們無法諒解。」

澪輕聲接著說：

「……所以，我不會要妳們乖乖束手就擒，因為那是妳們應有的權利。」

來吧——澪如此說道，張開雙手。

「……放馬過來吧，我可愛的——女兒們。」

斷章／二 Friends

「哼～～哼哼哼～～……」

崇宮真那隨意哼著不知名的歌曲，穿過自家的玄關。微微汗濕的水手服與紮成一束的頭髮髮尾隨風飄揚，有節奏地經過走廊。

「——嗯？」

走到客廳時，真那停下腳步及哼歌。

理由很單純，因為那裡有一道人影。

「請問妳在做什麼屁事啊，澪？」

真那歪了歪頭詢問後，那道人影便轉過頭來。

「真那。」

然後如此說道，將她那天使般可愛的臉孔面對真那。

她是崇宮澪，不久前才住進這個家的少女。

雖然與真那同樣都姓崇宮，但兩人並不是親戚。她是真那的哥哥真士不知道從哪裡帶回來的

（這麼說感覺犯罪的味道超級濃厚）神祕少女。由於沒有名字，為了方便，真士便幫她取了這個名字。

澪回過頭，真那因此看見先前被她的身體遮住的東西。桌上有一本辭典攤開，看來她正在查辭典。

儘管她學習國語的速度驚人，但應該還是有許多不明白的事情吧。真那吐了一口氣，將書包和竹刀袋放到沙發上，坐到澪的旁邊。

「請問妳是有什麼不明白的屁事嗎？不懂的話可以問我。」

真那說完後拍了一下胸脯，一副胸有成竹的樣子。

真那起初有些不信任澪，但在與率直又可愛的她相處後，如今則是感覺多了一個比自己年長的妹妹（矛盾）。

「真的嗎？那真是……太感謝了。」

澪如此說完，一副傷腦筋的樣子將眉毛皺成八字形。

「語言真是難啊。自以為理解了，根據狀況或蘊含的情感不同，意思也會有所不同。我當時以為理解正確，但現在回想起來，卻越來越擔心自己有沒有理解錯小士說的話了……」

「唔，兄長的……呃，嗯嗯？」

真那聞言，誇張地將頭擺向一邊。

「……呃，他到底對妳說了什麼啊？」

儘管認為真士不可能做出這種事，但要是他欺負澪對國語不熟，故意語帶雙關說些猥褻的話，自顧自地興奮，真那可就得拔出貪狼丸來制裁他了。真那臉頰流下汗水問道。

於是，澪指向攤開的辭典頁面，回答：

「小士要我跟他『約會』。」

「——咦？」

真那聽了澪說的話，不禁瞪大雙眼，發出錯愕的聲音。

「約、約會……嗎？」

「嗯。可是約會不是指男女約定時間見面，或是日期的意思嗎？從上下文來推斷，我想小士說的應該是前者，但我跟小士每天都會見面，我不懂為什麼要特意約時間。我想可能是什麼比喻的說法，但我已經答應他了，感覺再反問他也不妥。」

「…………」

真那沉默片刻後，「唉～～……」地嘆了一大口氣。

「……原來如此、原來如此。我那個兄長他，唉～～……」

然後湧起一股莫名的感慨，趴在桌上。澪一臉疑惑地凝視著她。

「……真那？」

「啊……抱歉啊。我萬萬沒想到我那個木頭兄長竟然會如此迅速就對妳下手。」

真那撐起身子，搔了搔臉頰。

「呃……這個嘛，該怎麼說呢，妳確實沒有理解錯這個詞彙的意思。總而言之，我的兄長想要跟妳兩個人一起出門。」

「嗯。可是，我們有兩個人一起出門過啊，像是他帶我逛街認識環境的時候。」

「是沒錯啦。不過，比較像是兩人之間關係的問題吧。他想要跟妳更要好……不是友情，而是戀愛方面的意思。」

真那說完，澪將手抵在下巴，像是在思考的樣子。

「這該不會是指，小士想和我交配的意思吧？」

「噗……！」

澪的表達方式太過直接，令真那不禁咳了好幾下。

「妳怎麼了，真那？」

「沒、沒什麼……仔細想想，妳說得倒是沒錯……不過，是在更之前的階段，算是在對妳表達好感吧……」

真那一臉困擾，開始結結巴巴地說明。

……雖然是自己主動要求為澪解惑，但要將哥哥的戀愛情感向女方說明還真是麻煩呢。真那在心中決定，之後一定要叫真士請自己吃什麼好吃的東西才行。

「────」

真那儘管不知所措，還是委婉地向澪說明真士的意圖。澪聽著聽著突然瞪大雙眼，隨後臉頰微微泛起紅暈。

「澪？」

真那歪了歪頭表示疑惑，澪便支支吾吾地接著說：

「……語言真是不可思議呢。明明應該知道意思，但是套用在自己和小士身上後，心情突然變得好奇妙。這樣啊……呵呵，小士對我有好感啊，那還真是……令人高興呢。」

澪如此說完，用手捧著羞紅的臉頰。

「……！啊啊，真是的。」

由於她的動作太可愛，害真那也跟著臉紅了起來。

感覺眼前的少女實在是可愛得不得了。快點跟兄長結婚，讓我叫聲嫂嫂吧！心中的小真那如此吶喊。

真那用力拍了一下桌面，高聲說道：

「好，既然這樣，就來準備吧！」

「準備……？」

「沒錯。兄長跟妳的第一次約會，絕不能敗興而歸。我會另外向兄長提出建言……現在妳去挑件新衣服吧！」

「衣服？目前有的就夠用了。不夠的話再增加就好了。」

說完，澪轉了轉指尖。

沒錯。澪擁有神奇的力量，能直接複製眼前的服裝。實際上她現在身上穿的，也是拷貝真那的衣服。

「不是這個意思啦！是態度的問題！妳打算穿著借來的鎧甲上戰場嗎！話說，我老早就這麼想了，妳應該穿更可愛的衣服才對！」

真那熱血沸騰地逼近澪，澪吃驚得臉頰流下汗水。

「原、原來是這樣啊……不過，可愛的衣服，是怎麼樣的？」

「唔……」

真那聽見這句話，皺起眉頭。

雖然真那熱烈主張，但老實說，她對時尚打扮並不怎麼精通。假如真那有那種品味，模仿她穿著打扮的澪看起來應該會更可愛才對。

真那思考了一會兒後，輕聲嘆息道：

「……沒辦法，只好請人幫忙了。妳等我一下。」

真那拿起房間角落的電話聽筒，按下按鍵。通話鈴聲響了片刻後，對方接起了電話。

「——噢，喂，我是崇宮，我有事想找妳商量。對，其實是希望妳教我怎麼挑選衣服——」

真那說到這裡，電話冷不防便掛斷了。

過了幾分鐘，響起蹝蹝蹝蹝蹝蹝……的腳步聲，客廳的落地窗立刻被人一把拉開，出現了一名少女。

頭髮紮成兩束，像貓咪一樣水汪汪的雙眸。她是真那的朋友穗村遙子，就住在附近。

「事情我已經聽說了！」

遙子情緒高漲地大喊，用力踢掉鞋子，走進客廳，拉起真那的手。

「真那妳終於也開始想打扮了！條件明明那麼好，卻總是只穿制服、運動服或劍道服，我真的有點為妳擔心呢！所以，妳想打扮成什麼風格？現在有空嗎？我們馬上去服飾店——」

「請妳給我冷靜一點好嗎，我什麼時候說過是幫我挑衣服了？」

「咦？不是嗎？」

遙子一雙眼睛瞪得老大，一臉失望地嘆了一口氣。

「什麼嘛……虧我還以為真那的春天終於來了呢。嚴以律己是很好，要是太超過了，小心交不到男朋友喔。」

然後雞婆地多嘴。真那環抱雙臂，吐了一口氣。

「妳才沒資格這麼說我呢。倒是妳，跟龍雄學長怎麼樣啦？」

「現、現在沒必要討論這個吧！」

遙子滿臉通紅，發出高八度變調的聲音。愛管別人閒事，說到自己的事情卻害羞起來了。真那無奈地聳了聳肩回答：「不討論就不討論。」指向坐在自己隔壁的澪。

「別閒聊了。我想要妳幫忙挑選的是她的衣服，不是我。」

於是，遙子循著手指的方向移動視線，「嗚哇！」一聲，瞪大雙眼。

「這、這個美少女是怎樣……！到底是哪裡來的？」

看來她現在才發現澪的存在，反應超級誇張，大驚小怪。

「她叫崇宮澪，是我的……呃，遠房親戚。」

「妳好。」

澪配合真那的介紹，低頭問候。

於是，遙子發愣似的端詳了澪的容貌幾秒後，才抖了一下肩膀回過神來。

「不好意思！我叫穗村遙子，十四歲，是真那的手帕交！」

「手帕交……」

「噢，澪，這個詞很少人用，不必在意。」

真那清了清喉嚨，接著說：

「事情就是這樣，我想要妳幫澪挑選約會用的服裝。這方面妳很拿手吧。」

「嗯，該說拿手嗎？算是熱愛吧……我姑且問一下當作參考，是哪個幸運的男生能夠跟這樣的美少女約會啊？」

遙子以外國電影般的語氣說道。真那雖然嫌麻煩，還是老實地回答：

「是我家兄長啦。」

「真的假的啊，有一套嘛！」

遙子情緒高漲地說道，一把勾住真那的肩膀。

「ＯＫ，我明白了。簡單來說，就是把澪打扮得讓妳哥哥忍不住為她神魂顛倒就行了吧？嘿嘿，要打扮成什麼樣子才好呢～～」

說完，遙子從口袋拿出棒棒糖，扔進嘴裡。

這算是遙子的習慣吧，說是思考事情的時候舔棒棒糖能夠增加專注力。

「聰明，一點就通。雖然我兄長不會因為服裝而喜歡或討厭一個人，但一碼歸一碼，女人約會怎麼可以不精心打扮呢？」

真那與遙子鏗鏘有力地說完，澪便露出有些不知所措的表情，點頭答應：「那、那就……麻煩妳了。」

「——————！」

在閑靜的住宅區上空展開的戰場中，鳶一折紙伸手抱住無力頹倒的少女。

那是個身穿DEM Industry製CR-Unit的美麗少女。她亮麗的金髮在陽光的照射下閃閃發光。

阿爾緹米希亞．貝爾．阿休克羅夫特，擁有亞德普斯2號這個稱號的ＤＥＭ巫師——同時也是數秒前和折紙交鋒的對手。

「唔……」

當手臂感受到她的重量的瞬間，折紙的眉心半下意識地聚起皺紋。

不過，這也是理所當然的事。畢竟折紙穿的純白CR-Unit與限定靈裝被斜砍一刀，流出大量鮮血。

「呼——！」

她輕輕吐了一口氣，操作包圍自己的隨意領域。以無形的力量支撐住阿爾緹米希亞的身體，一邊止血與阻斷痛覺。

於是，前方傳來勸告聲：

「喂，別逞強喔。就算能減輕痛楚，傷口還是沒有治好。」

「就是說呀！必須好好治療才行……！」

身穿陸上自衛隊制式裝備的ＡＳＴ前隊長日下部燎子，與她的部下岡峰美紀惠憂心忡忡地望向折紙的傷口。

「……不要緊。這點傷勢，我習慣了。」

「笨蛋。『能忍受』與『不要緊』聽起來相似卻完全不同好嗎——好了，換我來。妳用隨意領域支撐她會削減妳的集中力吧。」

燎子說完的同時，擴大自己的隨意領域支撐阿爾緹米希亞。

折紙腦部的負擔減輕，維持領域輕鬆了幾分。折紙再次吐了一口長氣。

利用顯現裝置產生的隨意領域，如字面上所示，是「能讓使用者隨心所欲的空間」，但絕非無所不能。若是領域負荷過大，操縱領域的腦部便會受損。

「話說回來……」

燎子看著以無形領域抱著的阿爾緹米希亞，吐出讚嘆的氣息。

「雖說是一對多，但沒想到妳竟然能打敗阿爾緹米希亞・阿休克羅夫特……究竟是用了什麼魔法？」

前ＳＳＳ的王牌阿爾緹米希亞．阿休克羅夫特，在巫師間也赫赫有名。如果做出人類最強排行榜，不難想像她的排名應該會與艾蓮．梅瑟斯相差無幾吧。也難怪燎子會如此吃驚。

不過，這句話表達的並不正確。折紙微微搖了搖頭。

「給她致命一擊的並不是我。」

「咦？那是誰……」

就在燎子歪頭表示疑惑時，遠方傳來一道聲音。

「折紙，妳沒事吧……？」

「唔，看來是成功了呢。」

一名騎著巨大兔型人偶，看似溫和的少女與手持鑰匙型錫杖的長髮少女，在天空中滑行般來到折紙的身邊。

是四糸乃和六喰，這兩名精靈和折紙一同對付阿爾緹米希亞。

尤其是六喰，是這項作戰的關鍵人物。

她的天使〈封解主〉是能「打開」、「關閉」萬物的鑰匙型天使，就連眼睛看不見的東西──比如說被封鎖的記憶也不例外。

阿爾緹米希亞被ＤＥＭ封印記憶，處於受到操控的狀態。在折紙讓阿爾緹米希亞露出破綻的瞬間，六喰將她的天使〈封解主〉刺進阿爾緹米希亞的頭部，開啟她的記憶。這就是這次作戰的概要。

折紙簡單說明後，燎子吃驚地瞪大雙眼。

「這樣啊……妳們嗎？也對喔，畢竟是精靈嘛……」

然後露出五味雜陳的表情，目不轉睛地盯著四糸乃和六喰的臉。

於是，位於燎子後方的ＡＳＴ隊員們也興致勃勃地包圍兩人。

「呃，妳就是〈隱居者(Hermit)〉，而妳就是〈黃道帶(Zodiac)〉嗎？」

「嗚哇，真的假的啊！我搞不好是第一次這麼近距離看見精靈呢。」

「……話說，不覺得很可愛嗎？」

身穿黑色CR-Unit的隊員們用宛如女學生的語氣七嘴八舌地喧鬧起來。

「唔？」

「那、那個……呃……」

六喰倒是處之泰然，而四糸乃則是有些害臊地移開視線。

「啊啊，抱歉、抱歉，只是覺得有些意外。在這個距離下一看，真的就是普通的女孩子呢。無法溝通的敵對生命體根本是亂說的吧……」

燎子「啊哈哈」地苦笑，一邊抓了抓頭。

被視為人類仇敵的精靈與曾經以狩獵精靈為己任的對抗精靈部隊隊長在極近距離下交談……

該怎麼說呢？真是令人感慨萬千的情景啊。

話雖如此，也不能一直閒聊下去。雖說已經將阿爾緹米希亞這個巨大的戰力收服，但戰爭仍在繼續，折紙等人也尚未達成所有目的。

「隊長，牽連妳了，不過不好意思，我希望妳能幫我將阿爾緹米希亞直接送到〈佛拉克西納斯〉。」

「〈佛拉克西納斯〉？」

「沒錯。就是我之前跟妳提過的〈拉塔托斯克〉的空中艦艇。詳細情形之後再談，如果將她帶到那裡，或許能解決〈幻獸．邦德思基〉。」

「哦……？」

燎子一臉納悶地皺起眉頭，但立刻便勾起嘴角。

「雖然我不知道妳打算做什麼，但感覺很有意思嘛。反正DEM的傢伙常常令人惱火，要是能讓他們好看，我願意幫忙。」

「謝謝妳，幫了我一個大忙。」

折紙說完後，燎子揮了揮手，對AST隊員們下達指示：

「好。以我為中心，組成守備隊形。將隨意領域設定成防禦性質，阻擋周圍的攻擊。非必要時無須反擊，以防護阿爾緹米希亞為優先！」

「「了解！」」

美紀惠與ＡＳＴ隊員們聽從燎子的指示，散開至上下左右。不愧是專門打團體戰的隊伍，動作十分熟練。

「折紙，那我們走嘍。」

「拜託妳們了。」

折紙點了點頭如此回答後，燎子便半瞇起眼，一副受不了的樣子說：

「拜託個頭啦。妳也要一起去好嗎？妳打算放著妳的傷不管嗎？我是不知道〈佛拉克西納斯〉是一艘什麼樣的艦艇，但好歹有治療設備——」

說到這裡，燎子止住了話語。

不，正確來說，是被前方突然發出的巨響給掩蓋過去。

「——折紙！」

一名少女身穿藍與黑搭配的CR-Unit，吶喊般呼喚折紙的名字，同時以猛烈的速度飛來。

紮成一束的頭髮，左眼下方有一顆淚痣。無庸置疑是與四糸乃等人一同掃蕩周圍敵人的〈拉塔托斯克〉巫師，崇宮真那。

染上焦躁的表情與充血的雙眼。真那以從平常的她難以想像的凶狠氣勢叫喊。

於是——

「…………！」

折紙等人這才終於發現。

自己的遙遠後方出現了帶有駭人力量的「某種東西」。

「什麼——」

她們同時回過頭，啞然無言。

——那是一顆球體。

戰場的天空突然出現一顆巨大的圓形物體。

異樣的壓迫感；死亡的預感。明明遠在天邊，但光是目睹「它」便陷入一種嗅到致死毒藥般的錯覺。

然而，事情並未就此結束。

球體宛如花蕾開花般蠢蠢欲動，旋即從中朝天空散布無數光粒。

也射向折紙她們的身邊。

「……！採取防禦陣形！」

「「是……！」」

AST隊員們回應燎子的號令，擴大隨意領域保護折紙她們。

不過——徒勞無功。折紙感到自己的胃底蔓延著涼意，開口大喊：

「……！不行，快逃！」

「別擔心……！我們會保護妳們——」

就在這時——

細小的光粒落下，立刻通過本應固若金湯的隨意領域，觸碰到張開雙手保護折紙的美紀惠的身體。

於是那一瞬間，美紀惠的身體突然失去力氣，就這麼墜向地面。

不，不只美紀惠，疑似被光粒觸碰到的數名隊員也同樣從空中墜落。

「……！」

「喂——」

折紙和燎子，以及現場剩餘的巫師們連忙擴大隨意領域，支撐住逐漸墜落的隊員們。

「喂！沒事吧！妳們在——」

燎子利用隨意領域拉起隊員，拍了拍她的臉頰——接著止住話語。

「這、這是怎樣，死掉了……嗎……？」

「……！」

折紙皺起眉頭，操作隨意領域將美紀惠拉到自己身邊，觸碰她的脖子。

沒有脈搏和呼吸。

毫無生命跡象。

「————」

理由不明。

原理也不明。

唯一確定的是，不過是被那顆巨大球體發出的光粒碰到，隊員們便喪命的事實與——那顆球體出現的地方在士道、十香和八舞姊妹前去剿滅〈妮貝可〉的那個方向這兩件事。

「……！士道——！」

折紙攥緊拳頭，瞥了燎子一眼。

「——隊長，小惠她們就交給妳了。現在利用〈佛拉克西納斯〉的醫療用顯現裝置，或許還有可能復活。」

「好、好的……！呃，那妳——」

折紙不等燎子把話說完，便往空中一蹬。

◇

——有聚必有散。

雖然老掉牙，卻無疑是一種真理。

相遇與別離是一體兩面。不管關係多麼親密，只要兩者是不同的個體，既然發生了「相遇」這個正數，未來勢必會產生「分離」這個負數。

結果都是一正一負等於零。不管過程如何，最後都會互相抵銷。

當然，人心並非如此單純。

對對方的好感越深，便越捨不得離別。

若是懂事前便在自己身邊的人更是如此。

父母、兄弟姊妹——或是青梅竹馬。

相遇是相遇了，卻沒有意識到。

不知不覺間相遇，回過神時已經待在身邊，形影不離是再自然不過的。

——若是這種人離開自己身邊，會有什麼樣的感受？

沒有意識到正數便突然被加諸負數；無從反抗的不合理。那會在人的內心留下深深的傷痕。

如果對方是因為大好前程而分離，人儘管會覺得寂寞，心中依然會懷抱著希望吧。

如果是因為死別而分離，儘管悲痛欲絕，內心深處還是會留下溫暖的回憶吧。

但是，如果分離是因為對方的背叛所造成——

心中產生的肯定是類似於艾蓮．梅瑟斯對艾略特．伍德曼感受到的那種情感吧。

「——啊啊啊啊啊啊啊啊！」

艾蓮發出幾近咆哮的吶喊，同時揮下光劍〈王者之劍(Caledfwlch)〉。濃密的魔力製造出來的劍身留下光之軌跡，朝眼前的對手——伍德曼攻擊而去。

人類最強的巫師釋放出渾身解數的斬擊，想必甚至能劈開精靈靈裝的必殺一擊。

「呼——！」

不過，伍德曼舉起光矛擋下那一擊。

「呵，好強的魔力啊。不過攻擊太直接了。我明白妳對我們久別重逢感到很開心，但妳好歹稍微冷靜一下吧，艾蓮。」

「給我住口！」

艾蓮怒不可抑地從喉嚨擠出這句話後，在握住劍柄的那隻手使勁，再次施展斬擊。

一而再，再而三——連續揮劍。

魔力的劍閃如煙花般散落四周。

在一般人的眼中看起來只像是光芒在閃爍吧。當然，當腦部認知到那很美麗的時候，身體早已被大卸八塊了。

不過，伍德曼卻正確地捕捉到那疾風迅雷般的劍擊，閃避、擋下或是借力使力地揮開。反射速度靈活得驚人，恐怕連阿爾緹米希亞都無法如此巧妙地應付艾蓮的攻擊。

不過，這也難怪。

因為艾蓮眼前的正是DEM Industry的創始人之一，艾略特・鮑德溫・伍德曼。

他是少數的純正魔法師——也是這個世界最初的人造巫師。

艾蓮現今雖然自詡為世界最強，卻是在伍德曼之後才學會操作顯現裝置。伍德曼可說是艾蓮的師傅。儘管在產生的魔力量這方面是艾蓮較優，但在控制顯現裝置和操作隨意領域的技術這方面，伍德曼似乎依然凌駕其上。

不過——不對，正因如此，才更加燃起艾蓮激動的情緒。

「為什麼……為什麼要背叛我們！艾略特……！」

沒錯。

自從伍德曼離開艾蓮等人後，這個問題便始終盤踞在艾蓮的心中。

那天的事情依然深深烙印在她的腦海裡。艾蓮與她的妹妹嘉蓮、威斯考特以及伍德曼四人，看著淪陷業火的故鄉發誓。

發誓要報復人類，要向人類復仇——反叛世界。

魔法師創造出新的秩序，改寫舊世界。為了實現這個痴人說夢般的夢想，艾蓮等人含辛茹苦地不斷研究與鑽研。

顯現裝置、人造巫師、空中艦艇、自動人偶——構成DEM Industry的許多超凡技術，不過都是那個夢想的副產物罷了。

一切都是為了嶄新的世界。

一切全是為了替同胞們報仇雪恨。

然而——

「你……違背了我們的誓言！而且還欺騙嘉蓮，篡奪研究成果，以敵人的身分出現在我們的面前！這份罪過，你以死也不足以償還……！」

憤怒、咒罵、怨嘆。艾蓮將所有想得到的負面情感化為語言怒吼道。

而正確抵擋艾蓮攻擊的伍德曼則是輕聲嘆息道：

「我對你們感到很抱歉……不對，我不記得我有欺騙過嘉蓮，只是等我回過神時，她已經整理好行囊待在我身邊了——總之，我並不是想與你們為敵，只是你們的道路和我的道路恰巧有所衝突罷了。」

「胡說八道……！」

「我沒胡說。村子被燒燬的仇恨還有同胞被殺害的憎惡，並沒有完全消失。只是——」

伍德曼說到這裡，突然止住話語。

「…………！」

然而，艾蓮也察覺到理由為何。

有種世界「撲通」一聲強力脈動的感覺。自然中不可能出現的魔法流動。那無疑是源自於三十年前艾蓮等人製造出的初始精靈。

那個女人恐怕是——現身了，而且是出現在不遠處。

「…………」

伍德曼感慨萬千地瞇起雙眼接著說：

「……看見那名精靈的時候，我如此心想：『……啊啊，真是美麗啊。』然後思考該不該為了復仇犧牲毫無關連的她。這樣子，跟燒燬我們故鄉的那些人有什麼不同……」

說完，伍德曼目不轉睛地盯著艾蓮的雙眼。他的眼神透露出些許悲哀和憐憫。

「……！」

他的話；他的視線。

令艾蓮感到心臟被火炙燒般的煩躁感。

萬萬沒想到初始精靈會出現。不過，對現在的艾蓮來說，那種事早已無關緊要。因為殺掉眼前的叛徒才是她存在的理由。

「開什麼……玩笑啊！」

她大聲怒吼，倏地舉起手臂，在腦內操作隨意領域。

「〈靈槍(Chastiefol)〉！」

於是，射出無數搭載在CR-Unit背包的雷射光刃，如手裡劍般一邊旋轉一邊朝伍德曼飛去。

「嘖——」

即使是伍德曼，似乎也無法在這種極近距離下擋開艾蓮的所有攻擊。他微微瞇起雙眸，提高隨意領域的強度，採取防禦姿勢。

不過，他這個舉動也在艾蓮的預料之中。艾蓮露出銳利的視線後，在腦內下達指令。

瞬間，搭載在雷射光刃〈靈槍〉上的魔力水雷啟動，朝伍德曼釋放出驚人的爆風。

雖說是輔助兵裝，這水雷卻擁有十足的威力與數量。若是尋常的巫師，早就因為剛才的爆炸而命喪黃泉了吧。

不過，對手是伍德曼。就連艾蓮也不認為能憑這招讓他受到致命的一擊。

剛才攻擊的真正目的是為了藉由突然的爆炸，暫時奪去伍德曼的注意力，然後利用隨著爆風擴散的煙霧遮蔽他的視野。

艾蓮操作隨意領域在空中釋放〈王者之劍〉後，讓背上的Unit變形，從左側伸展至前方。

冠上國王之名的CR-Unit〈潘德拉剛(Pendragon)〉，是當中輸出功率最大最強的兵裝。

若是一無所知的人看見它，肯定會誤以為是一座巨大的砲門吧。

不過，它並非砲門。

只是——

「貫穿吧！〈聖槍(Rhongomiant)〉……！」

——又長又大的光矛。

在艾蓮的呼喊下，Unit燃起光亮，驚人的魔力團塊朝前方延伸而去。

那只是凝結艾蓮產生的魔力，集中於一點釋放的極為單純的兵裝。

但是，不對，正因如此——才最強。

長矛追求的並非複雜的機關。

只是刺穿敵人的力量。

而這世界不可能存在人類最強的艾蓮所持的長矛刺不穿的東西。

然而——

「……！」

艾蓮抽動了一下眉毛。

因為就在〈聖槍〉快要直接刺向伍德曼時，煙霧散去的前方隱約看見了伍德曼的身影。

伍德曼早已解除防禦姿勢。

而且——和艾蓮同樣將手上的Unit朝向前方。

艾蓮花了片刻的時間才明白那是之前的光矛。

不過，這也無可厚非。因為他的光矛所有地方都變了形，形狀與剛才截然不同。

那與其說是長矛，簡直就像巨砲。

沒錯，宛如——艾蓮的〈聖槍〉。

「〈岡格(Gung)——尼爾(nir)〉！」

伍德曼發出聲音的同時，他的Unit釋放出魔力光。

在空中與艾蓮的〈聖槍〉互相衝撞——

天空染上刺眼眩目的白色。

◇

「……！……！」

十香反覆深呼吸好調整劇烈的心跳。

然而，心臟始終不肯恢復平靜。喉嚨緊縮，握劍的手顫抖。身體的全部細胞都在發出警報，警告自己不要跟眼前的敵人交戰。

這也難怪。這個地面上應該沒有人目睹凜壓倒性的力量還無所畏懼的吧。

不對——說得更正確一點，如今現場殘存下來的，除了澪之外，也只有十香和八舞姊妹了。

坐鎮在天空的巨大花朵所釋放出的光粒，只消片刻便將周圍的〈妮貝可〉和巫師們殲滅。

不，不只如此，甚至連理應為無機物的〈幻獸・邦德思基〉，以及DEM的空中艦艇也一併粉碎。

好似瞬間奪取物體擁有的壽命，違背自然法則的異常光景。

戰爭在仍舊遙遠的空中展開，唯獨這一帶像颱風眼一樣沉靜。

「…………」

十香嚥了一口口水。乾渴的喉嚨有些疼痛。

澪，崇宮澪。

擁有神之名的精靈；散布死亡的女人。光是被她的視線掃過，甚至有種皮膚裂傷般的錯覺。

但是，十香她們不能退縮。

十香喜歡士道。

因為有士道，十香才得到救贖；因為有士道，十香才能脫胎換骨；因為有士道——十香才得以體會到如此愛憐的心情。

若是十香等人無法阻止澪，這一切全都會被抹滅。

五河士道這個人真的會被消除。

她們絕對不允許這種事情發生。
所以，十香她們強忍著戰慄的恐懼，將劍指向敵人。
「耶俱矢、夕弦……妳們還敢進攻嗎？」
十香不敢大意地瞪著澪，吐出這句話後，位於左右的耶俱矢和夕弦便微微震了一下肩膀。
「妳、妳在對誰說這種話啊，完全沒問題啦……！」
「同意。無論敵人如何強大，八舞絕不退縮。」
「……嗯。」
十香輕輕點頭回應兩人值得信賴的話語後，直勾勾地盯著澪，朝地面一蹬。
「喝啊啊啊啊啊啊啊啊——！」
她舉起〈鏖殺公〉，使出渾身力量一揮而下。靈力從劍的軌跡迸發而出，化為有重量的斬擊襲向澪。
「…………」
然而澪絲毫沒有想要避開的意思，只是一臉沉著地仰望十香。
於是，〈鏖殺公〉威力十足的斬擊在快要觸碰到澪的身體時被彈開。沒錯，宛如澪的周圍有一道隱形的防護牆。
「唔……！」

不過，十香並沒有放棄。她加強握住〈鏖殺公〉的手的力道，三番兩次不斷繼續攻擊。

「喝啊啊啊啊！」

裂帛般清厲的氣勢。十香在施展不知道是第幾次斬擊的瞬間，凌空翻了個身，朝空中一蹬，追在斬擊之後撲向澪。

然後隨著斬擊將〈鏖殺公〉的劍尖刺向澪。

不過——結果還是一樣。

「……抱歉，妳這樣是打不倒我的。」

澪俯視著就停在喉嚨前面的〈鏖殺公〉的劍刃，輕聲說道。

「————」

十香聽到她的宣言，卻勾起了嘴角。

「是啊——妳說的有理。」

「……什麼？」

澪一臉納悶地瞇起雙眼——眉毛抽動了一下。

不過，她會有這種反應也是理所當然。

因為在十香施展連續攻擊的期間，八舞姊妹占據澪的後方，兩人架起一把巨大的弓。

沒錯。那是八舞姊妹〈颶風騎士〉最強力的一擊。

耶俱矢的【穿刺者】(El Re'em)與夕弦的【束縛者】(El Nahash)合體，變成一對弓與箭。

其名也稱為——

「——〈颶風騎士〉！」

「呼應——【天際疾馳者】(El Kanaph)！」

耶俱矢與夕弦呼喚這個名字後，發射弓箭。

纏繞著強烈風壓的圓錐形巨箭朝澪逼近，餘波吹飛周圍的瓦礫。

「…………」

澪輕輕吐了一口氣後，像是第一次阻擋攻擊般舉起手。

——直接命中。威力十足的衝擊波四散，路面宛如掀起地毯般剝落。周圍的所有物質好似散彈一樣飄落，互相撞擊粉碎。

儘管如此，還是沒有破壞澪的防護牆。澪位於彷彿強烈颶風的暴風之中，擋下了那一擊，甚至連髮尾都沒有飄動。

「……這招奇襲真是幹得漂亮，不過——」

說到這裡，澪止住了話語。

想必是察覺到了吧。

十香死纏爛打的攻擊是為了讓她分心，讓八舞姊妹的【天際疾馳者】有機可乘。

不過，連【天際疾馳者】這一招也是為了另一個真正的目的而使出的手段。

「〈鏖殺公〉——【最後之劍】！」

十香大喊這個名字後，便將巨大無比的劍指向天際。

沒錯。十香在澪的視線從自己身上移開的一瞬間，召喚王座，纏繞在〈鏖殺公〉的劍身。

完全沒有事先商量好。

既沒有預先決定好暗號，也沒有經過特別的訓練。

不過，十香堅信不移。

如果是同生共死過無數次的八舞姊妹，肯定會導出這個結論……！

「喔喔喔喔喔喔喔喔喔喔喔喔喔喔——！」

十香要喊破喉嚨似的扯開嗓子大喊後，朝澪揮下那把巨大的劍。

劈天震地。

——世界嘎吱作響。

擁有壓倒性力量的破壞之劍砍向擋下風之箭矢的澪的背。

籠罩澪身體的防護牆確實堅不可摧，馬馬虎虎的攻擊勢必無法破壞它一絲一毫。

不過，若是從兩個方向受到〈鏖殺公〉與〈颶風騎士〉兩個天使強勁的攻擊，或許——！

「墜落……吧啊啊啊啊啊啊！」

「貫——穿……！倒下吧……！」

「喝啊啊啊啊啊啊啊啊啊啊啊啊啊啊啊啊！」

耶俱矢、夕弦、十香的吼叫聲響徹整個狂暴的颶風。

「————啊啊啊……————」

數秒後，用盡全身力量使出一擊的十香就這麼趴倒在地。

巨大的【最後之劍】四分五裂，只剩下核心的〈鏖殺公〉，逐漸消融在空氣中。

「唔、唔……」

也許是攻擊的反作用力，全身一陣疼痛。十香手腳微微顫抖，以〈鏖殺公〉當作拐杖，撐起身體。

四周瀰漫的濃密沙塵慢慢散開，顯露出因十香和八舞姊妹雙向攻擊而被剜挖成隕石坑形狀的地面。

然而——那裡卻不見澪的蹤影。

「……！」

十香瞪大雙眼，謹慎地環顧四周。

對手若是一般的巫師，即使灰飛煙滅也不足為奇。

不過，對手是初始精靈崇宮澪。儘管是為了粉碎她的防護牆而施展出的一擊，但十香還沒有樂天到認為能夠因此決勝負。

她是避開攻擊了嗎？還是如十香所願，因為防護牆粉碎而藏匿行蹤——

下一瞬間。

「…………！」

十香的眼角餘光捕捉到「某個畫面」，屏住呼吸。

然後大喊：

「耶俱矢！後面！」

沒錯。因為毫髮無傷的澪就站在耶俱矢後方數十公尺處。

「咦——？」

不知是否聽見十香的聲音，耶俱矢皺起眉頭。

然而——為時已晚。

當耶俱矢打算回頭時，從澪的靈裝伸出的觸手般的物體已經貫穿耶俱矢的胸口。

「啊——咦……！——？」

耶俱矢茫然地瞪大雙眼，視線落在自己的胸口。

怎麼看都像是衣服一部分的柔韌單薄的光帶。那條薄弱的布貫穿耶俱矢的身體，前端暴露在空氣之中。

不……正確來說，與其說刺穿，說是穿過或許比較貼切。實際上，耶俱矢的胸口沒有流出一滴血。

不過，那條光帶的前端——

包裹著散發出淡橙色光芒的結晶碎片，飄浮在空中。

「什麼……」

十香見狀，臉龐染上戰慄之色。

——靈魂結晶。精靈的力量來源。

不會錯。從琴里和美九她們口中聽說的物體，一瞬間便從耶俱矢的身體裡被取出。

「…………」

澪微微舉起手。於是，貫穿耶俱矢胸口的光帶轉眼便回到澪的身邊。

當然，連帶著它前端包裹住的靈魂結晶。

「喀……唔……！」

從光帶解脫的耶俱矢吐出痛苦的氣息，身體一晃失去平衡，當場無力地倒下。她身穿的限定靈裝也同時化為光粒，消失無蹤。

「……！耶俱矢！」

耶俱矢身旁的夕弦在耶俱矢快要倒在地面時支撐住她。

「夕——弦——」

耶俱矢在夕弦的懷抱中，微微顫動雙脣，然而——

不久後身體失去力氣，再也沒有開口。

「耶俱矢……？耶俱矢！妳怎麼了，耶俱矢……！」

夕弦拚命搖晃耶俱矢的肩膀。不過，耶俱矢只是身體放鬆，沒有任何反應。

夕弦臉上浮現不願相信的表情，將耳朵抵在耶俱矢胸口——輕聲，真的是輕輕地屏住呼吸。

「耶俱……矢……」

此時，澪靜靜地告知：

「……這裡已經被〈萬象聖堂〉所支配。失去靈力和魔力，無法在這個空間存活。」

「————」

聽見這句話——

夕弦的身體一晃。

「……！」

片刻過後，十香發現了。

夕弦並未當場頹倒在地，也沒有緊抱著耶俱矢不放——而是以十香的眼睛也捕捉不到的速度衝向澪。

「——啊啊啊——！」

發出平常的夕弦不可能發出的野獸般的咆哮。

夕弦從左手拋出靈擺，纏繞著風，朝澪射出。

「……！不行，夕弦！快逃——」

十香慢了一拍大喊。

可是澪已經射出光帶，一圈一圈地包裹住靈擺——

「唔——啊…………！」

光帶的前端埋進夕弦的胸口。

「夕弦！」

十香呼喚名字後，夕弦便瞥了十香一眼。

「謝……罪……對不……起，十……香……耶俱……」

她氣若游絲地如此說道，當場俯臥在地。

和剛才的耶俱矢一樣，她身上的靈裝化成光消散在空中。

「……好了。」

澪操縱光帶，將疑似從夕弦身上奪取的靈魂結晶碎片拉回自己手中。

然後將它和手上已經有的耶俱矢的那一個碎片重疊在一起，變成一塊結晶後，將那塊結晶貼在自己的胸口。

靈魂結晶釋放出光輝，逐漸被澪的身體吞沒。

當結晶完全沒入她的體內後，澪背負的十顆星星之一散發出微弱的光芒。

「……這下收回兩個了。」

「！——澪，妳這傢伙……！」

十香緊咬牙根，忽視侵襲全身的痛楚和強烈的疲勞，站了起來。

耶俱矢和夕弦——輕而易舉就被殺了。

毫無現實感的光景。兩人的身體毫髮無傷，取決於看的角度，甚至會覺得兩人只不過是陷入沉眠。

然而，過去從兩人身上感覺到的靈力波動，如今卻從面前的敵人身體發出。

「…………！」

無比憤怒、悲傷、絕望，在十香的心中翻騰。

可是，不行。十香吐出一口長氣，抑制自己心中燃起的激動情緒。

倘若對手是只要失去理智拚命戰鬥就能戰勝，十香肯定盡情放縱自我。不過，現在需要的是冷靜。

不是忘卻、忽視兩人被殺害的憤怒，而是接受這個事實，保持沉著的思考。

於是下一瞬間，十香的身體逐漸發熱。沒錯，宛如顯現完全形態的靈裝時有的感受——

「……這樣不行喔。」

然而，在澪如此說著瞇起雙眼的瞬間，導致十香身體發熱的靈力流動突然變得緩慢。

「什麼……！」

「……要是讓靈力完全逆流，又要麻煩小士封印了。抱歉，我暫時縮窄妳的路徑。」

澪如此說完，緩緩舉起手。

「……妳有點麻煩，我本來想放到後面再處理的——」

配合澪的舉動，纏繞在她身上的好幾條光帶蓄勢待發地抬起頭。

「……受死吧。」

澪吐出這句話的瞬間，光帶同時襲向十香。

「唔——」

十香皺起臉，揮舞〈鏖殺公〉斬斷光帶。

不對——是企圖斬斷。

光帶與它那脆弱單薄的外形相反，擁有超凡的韌性與強度。即使受到〈鏖殺公〉的一擊，也只是微微改變前進的方向，再次逼近十香。

「──！」

十香扭轉身體，試圖再次甩掉光帶。不過，由於剛發動完攻擊，姿勢不穩，動作慢了一拍。

而對澪來說，只要有這一拍的時間就能輕易捕捉十香。光帶一直線朝十香的胸口奔去。

不過──

「什麼……！」

下一瞬間，十香瞪大雙眼。

不過，這也是理所當然的事。若是突然感到有人拉了自己一把，同時眼前一黑，就算不是十香也會表現出類似的反應吧。

片刻過後，十香的眼前再次射進光線。

「唔……？這、這是……」

十香感到一股奇特的突兀感而眨了眨眼。

擴展在周圍的，是與方才一樣的戰場。澪在前方，天上有〈萬象聖堂〉，而耶俱矢和夕弦則趴在地上。

不過，感覺所有位置的距離都比眼前一黑之前還要遠。實際上，剛才逼近十香的光帶也離她十分遙遠。

「唔……妳沒事吧，十香。」

後方傳來這樣的聲音，十香雙眼圓睜。

「！六喰！」

沒錯。十香身邊不知何時出現手握鑰匙錫杖的六喰的身影。

她這才發現自己快被光帶貫穿的瞬間，是六喰把她拉進開啟空間的「洞孔」幫她脫離困境。

「妳沒事吧，十香……！」

折紙、四糸乃以及真那緊接著降落到十香身邊。

看來是察覺到異常，趕到她身邊的樣子。

「——十香，耶俱矢和夕弦她們……」

純白衣裳滲出怵目驚心的血痕的折紙望著倒地的兩人，輕聲問道。

「…………」

十香緊咬牙根，一語不發地搖了搖頭。

「…………是嗎？」

折紙的反應很簡單。簡短的話語，加上輕聲的嘆息，表情幾乎看不見變化。

但是——十香明白。她瞥了折紙的側臉一眼，抿起雙唇。

長期與折紙相處，曾經與她兵刃相接的十香能明顯感受到她那冷靜的表情背後燃起的灼熱怒氣。

當然，不只折紙。四糸乃、六喰，以及真那，雖然反應各不相同，但都對澪懷抱著敵意。

「那就是初始精靈嗎？哼，散發出令人討厭的氣息呢。」

真那瞪著澪，唾棄似的說道。

於是，澪回望真那，吐出一句話：

「……噢，好久不見了啊，真那。」

「……妳說什麼？」

真那皺起臉回答。不過，澪絲毫不在意地繼續說：

「……我現在必須回收靈魂結晶，沒必要連妳都送命。暫時離遠一點吧。」

澪說完，催促真那避難。

不過，該說是理所當然嗎，真那怎麼可能老老實實地聽話？她反倒因為受到敵人的關心而不悅地板起臉。

澪見狀，輕聲嘆息道：

「……喜怒哀樂全都擺在臉上這一點，跟以前一模一樣呢——沒辦法，太悠哉的話，小士就要回來了。就讓我速戰速決吧。」

澪如此說完——像顯現〈萬象聖堂〉時一樣高高舉起手。

◇

「千萬要——趕上啊……！」

士道全身纏繞著風，以風馳電掣的速度在化為瓦礫山的天宮市中前進。

〈拉塔托斯克〉與DEM的空中艦艇及巫師們依然在頭上交戰。雖然盡可能不引人注意地在地上前進，但偶爾會落下流彈，在士道的腳邊或去路爆炸。

若是利用逃離避難所時使出的〈封解主〉，或許能更快縮短距離。實際上，六喰在封印前也利用過那把鑰匙，在空間開啟「洞孔」，一口氣長距離移動。

不過，這個能力失敗時也必須背負高風險。士道是最近才封印六喰的靈力，不曾試過用〈封解主〉來進行長距離移動，他無法保證真的能在自己想要的地方製造出口。

要是跑到完全不相干的地方，反而會浪費時間。在分秒必爭的現在，那容易成為致命性的損失。

因此——士道才選擇了〈颶風騎士〉。

學校地下的避難所確實離現場很遠，但那是以人類的腳步來思考的距離。

操縱風的最快天使。對利用它的能力在地上奔馳的士道而言，這點距離不算什麼——

「…………！」

士道勇往直前奔向十香她們身邊的途中，身體突然感到不對勁，因此眉頭深鎖。集中力瞬間中斷，速度變慢。

「這究竟是……怎麼回事……！」

他皺起臉，將手擱在胸口，調整呼吸。

並非被流彈射中，也與過度使用天使產生的反作用力不同。應該說——身體並沒有顯現出什麼異常的變化。

不過，肯定發生了什麼事。沒錯，就好比包裹住士道身體的〈颶風騎士〉的風震動了一下的感覺。

「耶俱矢……夕弦……？」

不祥的預感令士道喉嚨一緊。他屏住呼吸，再次朝地面一蹬，企圖奔馳在瓦礫街道上。

然而——就在這個時候。

前方發生爆炸，阻擋住士道的去路。

「唔……！」

士道一時之間還以為是一發破壞力強大的流彈，然而——並非如此。那顯然是衝著士道發出的攻擊。

更重要的是，士道看得清清楚楚。在爆炸發生的前一刻，有幾張像紙的物體從上空飛來。

「——〈妮貝可〉……！」

他呼喚這個名字，進入警戒狀態。

於是，四周紙張飛舞，劃破煙霧，從中出現好幾名容貌相同的少女。

「找到你了，五河士道。」

「剛才你很有一套嘛。」

〈妮貝可〉已收起剛才嬉皮笑臉的態度，憤恨不平地瞪著士道如此說道。

不過，這或許也是理所當然吧。畢竟剛才〈妮貝可〉經歷了士道的親吻風暴，導致個體數量大幅減少。

「唔……」

士道在心中咬牙切齒。他現在必須盡早回到十香她們的身邊才行，偏偏在最壞的時機遇到難纏的對手。

不過，讓對手察覺到這件事就不妙了。士道緩和臉上表情，對〈妮貝可〉莞爾一笑。

「——小貓咪，妳就這麼想見我啊，真是不乖呢。」

「「噫——！」」

這群〈妮貝可〉聽見士道說的話後，畏懼似的屏住呼吸……該說是不出所料嗎？雖然是看準這一點故意說出的話語，但看見化為可愛少女的〈妮貝可〉做出這種反應，該怎麼說呢……感覺有點受傷。

話雖如此，光靠一句話就占了上風倒是不壞。假如〈妮貝可〉能夠就這麼怕得逃跑是再好不過了——

「——冷靜一點，〈妮貝可〉。」

然而，就在這個時候——

傳來一道聲音打斷士道的思緒。

「什麼……」

士道不禁皺起眉頭——因為那道聲音十分耳熟。

好像是九月在ＤＥＭ日本分公司——

以及一月在〈拉塔托斯克〉基地聽過的聲音。

彷彿要印證士道的預感，一名男子從瓦礫後方走了出來。

一頭暗淡的灰金色頭髮，以及顯露出生鏽金屬般色彩的雙眸。籠罩在他身上的異樣氣息，讓士道感受到有別於面對精靈和巫師時的威脅。

沒錯。他就是DEM Industry的執行董事，也是這場戰爭的起點。

最初開始爭奪精靈的男子。
「好了，五河士道，就在這裡決定吧。
——看誰才配得上精靈之力。」
艾薩克・威斯考特悠然地張開雙手，如此說道。

斷章／三 School

「唉……」

早晨的教室中。

崇宮真士在書桌上拄著臉頰，不停嘆氣。

空間被整個剜挖般的謎樣災害——空間震襲擊這座城市後，過了約兩個星期。由於真士他們就讀的高中奇蹟似的倖免於難，前幾天便開始重新上課。

通常發生大規模災害時，附近的學校大多會成為受難者的避難場所，但是在先前的災害中受難的居民連同整個城鎮一起被消滅，因此與災害規模相比，避難的居民少得驚人。

當然，教室裡的景色也不同於災害之前。擺放了致喪花瓶的書桌不只一兩張；雖然倖免於難，也有學生心靈受到打擊，尚未復原，臥床不起；其中似乎也有人害怕再發生空間震而搬到其他縣市。

若說真士嘆氣的原因與上述事情完全無關是騙人的。

不久前還正常聊天的同學突然消失，他感到悲傷不已，當然，也對自己這些人今後究竟會如何感到不安。
不過，人類的適應力十分強大，真士與其餘學生已經開始漸漸習慣現在的環境。
起初有許多同學為朋友的死悲泣，但在重返校園後，日復一日過著校園生活的期間，便漸漸恢復了笑容。
奇妙、多變、不確實，超乎現實的殘渣。為了設法在其中向前邁進，少年少女們正拾起散落一地的日常碎片。
「……唉。」
不過在這種狀態下，真士的嘆息還有另一個不嚴謹的意思存在。
「崇宮同學，你嘆的氣可真多呢。」
「……嗯？」
就在真士不知道嘆了第幾次氣的時候，突然有人向他攀談。
循聲望去，發現是一名戴著眼鏡看似溫和的少年。「喔喔。」真士簡短回答後抬起頭。
「早啊，五河。」
「嗯，早安。」
真士的朋友五河龍雄面帶微笑如此回答後，歪過頭詢問：
「所以，你怎麼了？有什麼心事嗎？」

「嗯……這個嘛，算是吧。」

真士語氣不確定地苦笑後，含糊其辭。

「這樣啊……」

於是龍雄目不轉睛地盯著真士的臉，低聲呢喃般說道：

「……莫非，你有喜歡的人了？」

「——噗呼！」

突然被這麼一問，真士不禁咳了好幾下。嚇了一跳的同學們紛紛對他投以好奇的視線。

「你、你……幹嘛突然說出這種奇怪的話啦。」

「咦？該不會被我說中了吧？看來我第六感還滿準的嘛。」

「…………」

真士聽了龍雄說的話，紅著臉頰移開視線。

……雖然很難為情，但他說的沒錯。自從昨天邀請澪約會後，真士的腦海裡便經常浮現澪的臉，魂不守舍。

「嘿嘿嘿～～」

「你們在聊什麼有趣的事情啊～～？」

「也讓我們參一腳嘛～～」

這時，可能是耳尖聽到兩人的對話，三名女學生靠了過來。她們是真士的同學，手帕交三人組，亞子、麻子、美子。

「妳、妳們幹嘛啦，我們又沒在聊什麼。」

「少來了～～小女子可是聽得一清二楚呢，老爺。」

「想不到人畜無害的崇宮同學也開始思春了啊～～」

「對方是什麼樣的女孩？快說、快說。」

「我、我說妳們啊……」

這時——

「——小士。」

就在三人逼問真士時，教室門口傳來一道澄澈的嗓音。

「咦——？」

真士循聲望去後，一臉目瞪口呆。

不，不只真士。所有看見門口的少女的同學全都神情恍惚地被抓住了目光。

不過這也難怪，因為那裡站著一名美麗無比的少女。

「澪、澪……？」

真士的表情染上驚愕之色，呼喚少女的名字。

於是，澪開心地綻放笑容。不知是沒發現眾人目光集中在她身上還是根本不在意，只見她踩著無畏輕盈的步伐來到真士身邊。

「妳、妳怎麼會在這裡……」

「這個給你，你忘記拿了。」

真士臉頰流下汗水如此問道，澪便從她手上的包包裡拿出用布包著的便當盒，放到真士的書桌上。

「啊……」

真士看到便當後，翻找自己的書包……因為想澪想得魂不守舍，書包裡沒有找到出門時以為放進去了的便當盒。

「謝謝妳……還好有妳幫我送來。」

「呵呵……我幫上小士的忙了。」

澪打從心底開心地如此說完，輕輕揮了揮手。

「那我回去嘍。」

「喔，好。」

真士如此回答後，澪便點了點頭，轉過身子。

轉到一半又像是想起什麼似的回過頭。

「——我很期待這次的約會。小士你也好好期待吧。」

接著如此說完，莞爾一笑。

「……！」

由於她的模樣太過可愛，真士不由自主地屏住呼吸。

「好、好的……我知道了。」

「嗯。再見，小士。」

真士好不容易調整完呼吸如此說道，澪便再次揮手離去。

「「…………」」

片刻之間，教室流淌著沉默的空氣。

「……呃……」

真士預料到數秒後應該會引起一場強烈的風暴，打算趁大家啞然失聲時靜悄悄地離開教室。

然而——為時已晚。就在真士要離開現場的瞬間，他的衣領被人一把揪住，半強迫地抓回原本的座位。

「崇宮同學我問你！剛才那個美少女是誰！」

「她該不會就是你傳說中的女朋友吧！」

「我怎麼沒聽說！」

「哦～～崇宮同學，真有你的。」

……同學們七嘴八舌地討論起來。

真士就這麼被同學們嚴加逼問，直到要開早上的班會為止。

第三章　世界樹落葉

艾薩克．威斯考特在懂事不久後便發現自己異於常人。

他是個才華洋溢的少年，說他是神童、天才之類的，想必也沒有人有異議。

在繼承魔法師血統的世外桃源也發揮出類拔萃的才智，比同年齡層的任何人——不對，有時候甚至比大人都還能將魔力操縱得出神入化。能與之抗衡的，頂多只有他的師傅、村莊的長老，和自稱他的勁敵的艾略特而已。

不只如此，在語學、算術、運動——各個方面，威斯考特都留下了非凡的成績。

不過，那終究只是程度上的問題。

擅不擅長抓住事情的訣竅。

只是如此而已。至少在這一點，威斯考特從不認為自己和其他人有什麼不同。

不管離得多遠，只要位於同一條道路上，總有一天會被追上或是追上別人。

不過，威斯考特發現自己所處的地方是沒有與其他人相交的歪斜位置上。

最初發現這件事的契機是什麼呢——沒錯，是威斯考特家養的狗死掉的時候。

在威斯考特出生前就一直養在家的那條狗，對他而言是從出生開始就陪伴在他左右的朋友。

當然，威斯考特很傷心。他當時雖然還年幼，卻已早熟到能明白生物的死亡。

不過——他的心中卻有一股莫名的興奮感更勝悲傷。

面對父母悲傷的臉龐、朋友們同情的表情、小狗的屍體，以及——自己的悲哀。

他感到一股恐怕會被大家稱為殘酷、不道德的喜悅。

他不知道這是與生俱來還是環境所造成的，卻是明顯的差異，身為生物的缺陷。

話雖如此，威斯考特當然沒有將它表現出來。他聰明得能夠判斷那是和大家相異的情感；明智得理解這種情感被人得知是有害而無利。

有時異於常人是一種美德，但基本上卻是應該避諱之事。

人類懼怕與自己不同的人，害怕未知。而恐懼會造成瘋狂，瘋狂會造成紛爭。

所以魔法師的後裔才會避人耳目，隱居在這種山中村落。

從小就被灌輸這種道理的威斯考特，決定像魔法師躲避人類一樣，繼續向大家隱瞞心中的感情。

而不知是幸或不幸，威斯考特雖然是小孩，卻十分擅長偽裝自己的情感。

所以當威斯考特在愛犬死後提出再養一隻狗時，父母也大表贊成。

他們大概萬萬沒想到自己的兒子提出這個意見，既非想填補失去愛犬的悲傷，也不是渴求新的朋友——而是心想只要再養一隻狗，將來應該還能看見牠死去的模樣吧。

就這樣，威斯考特日復一日過著沒有被任何人懷疑的生活。

有嚴格但溫柔的父母、值得尊敬的師長，以及能互相切磋砥礪的朋友們陪伴，漸漸成長。

在他剛滿十歲時遭遇不幸。

從以前就身體虛弱的母親罹患肺病過世了。

即使生活在超越人類智慧的魔法村莊，也無法讓死者復活。村民們哀悼威斯考特的母親，誠摯地弔唁。

他們大概是憐憫年紀輕輕就失去伴侶的威斯考特的父親——

以及被站在父親身旁忍住淚水低下頭的威斯考特的模樣給打動了。

實際上，他們的感想確實沒錯。

生育自己的母親過世，帶給威斯考特極大的悲傷與失落感。

不過——

威斯考特感受到人生最忘我陶醉的情緒，遠勝於悲傷與失落。

悲痛至極，一不小心眼淚就快要流出來。想必父親和村民們也是同樣的心情吧，現場充滿悲哀與絕望。

威斯考特看著被埋葬的母親，嚐到有生以來最極致的快感。

啊啊——多麼暢快啊。

——所以，大約一年後。

當威斯考特從小山丘上望著陷入火海的村莊時，心中也燃起與身旁三人相異的情感。

憤怒、悲哀、絕望。交雜著各種負面的情感，只有他一人感到愉悅。

不——那與威斯考特過去所感受到的喜悅又有一些不同。

因為他認知到一件事。

——啊啊，原來如此，還可以「這樣」做啊。

威斯考特對於自己異於常人一事有自知之明，明白自己的感覺並不正常。

所以他才隱藏自己那一面，避免在社會中被人孤立，一路走到現在。即使天生對絕望感到喜悅，也不主動傷害別人；即使因為期待未來的死亡而養狗，也不曾企圖親手殺死牠。

不過，這時威斯考特的世界改變了。

人類迫害魔法師，恐怕——是害怕他們那未知的力量吧。

既然如此——威斯考特他們沒有道理不「這樣」做吧。
艾略特憤怒得發抖。
艾蓮潸然淚下。
嘉蓮壓低聲音。
反應各不相同，卻一致表露出對人類的復仇之心。
那是一種價值觀的轉移。
異常男人的異常感覺，在扭曲的世界中轉變成正常的報復心。
因為受到殘酷的對待，這也無可厚非吧。假如是現在，想必艾略特他們也會願意助自己一臂之力。
威斯考特在絕望與憤怒中暗自竊喜。
不可原諒。絕對不可原諒。
——感謝賜予我報復的機會。
竟然摧毀我的村莊，殺害我的伙伴。
——感謝賜予我殺戮的大義。
我要復仇。

——感謝賜予我復仇的理由。

我要改造世界。

——感謝將我變成了受害者。

◇

「…………」

沿著臉頰流下的汗水碰觸到嘴脣，嚐到鹹鹹的味道。

士道不敢大意地壓低重心，眼球在眼窩中打轉。

周圍充滿無數個手持紙片的〈妮貝可〉。

而一名宛如黑暗化身的男人——靜靜地佇立在最後方。

他是艾薩克．雷．貝拉姆．威斯考特爵士。

DEM Industry的首領、〈拉塔托斯克〉的仇敵，以及——三十年前與伍德曼、艾蓮等人共同製造出「精靈」的這場戰爭的元凶。

不——還有一個。

士道目光如炬地瞪著威斯考特的臉龐。

如今士道已恢復「小士」的記憶。對他而言，那個男人是殺死自己並且誘拐真那，明確的憎惡對象。

「哎呀？」

大概是看見士道的表情，威斯考特抽動了一下眉尾。

「你散發出來的氣息似乎跟以前有些不一樣呢。眼神中蘊含的敵意帶著獰惡，好像恨不得現在就衝上來攻擊我。該不會——是想起被我殺死的事情了吧？」

「你這傢伙……！」

「哦？我不過是從〈神祇〉現身一事來推測，看來是被我說中了啊。」

威斯考特臉上浮現笑容說完，位於他左右的〈妮貝可〉便鼓噪：「父親大人真是厲害！」

「…………」

威斯考特的姿態、聲音、一舉手一投足，全都觸怒士道的神經。

不過，士道緊咬牙根忍了下來。

士道絕對無法原諒威斯考特。可是，現在士道的性命並不只屬於他一個人的。精靈和〈拉塔托斯克〉的機構人員們全都奮不顧身地在拯救他，他不能被憤怒沖昏頭，犯下衝向威斯考特這種愚蠢的錯誤。

士道深呼吸好讓心情沉靜下來，在腦海裡想像自己俯瞰周圍的畫面。

——仔細想想，那是異常至極的光景。

戰鬥開始之前，琴里曾經說過——這是〈拉塔托斯克〉討伐威斯考特，或是DEM討伐士道的一場戰役。

兩名大將正在戰場中心對峙，要人不吃驚才是強人所難吧。

「——呵。」

於是，威斯考特像是察覺到士道的思考般莞爾一笑。

「我整個旗艦都被〈神祇〉的天使給毀滅了。哎呀，讓我再次體認到這股力量真是——超凡入聖呢。」

接著以裝腔作勢的態度浮誇地張開雙手，繼續說：

「不過，這下可傷腦筋了呢。我對〈神祇〉現身一事感到非常開心，不過憑現在的我，勢必不可能得到她的力量——所以，五河士道，為了與她抗衡，我決定先收下你擁有的靈力。」

「你說什麼……？」

士道皺起眉頭後，威斯考特加深了笑意，單手伸向前方。

下一瞬間，他周圍的空間扭曲歪斜，立刻從中顯現一個類似巨大書籍的物體。

宛如黑暗的漆黑裝幀。從中散發出的壓迫感，光是眼見便好似直接壓迫士道的心臟一樣。

「……！〈神蝕篇帙〉……！」

士道表情嚴峻，呻吟般說道。

沒錯。魔王〈神蝕篇帙〉。那是威斯考特從二亞身上奪來的天使〈囁告篇帙〉(Rasiel)的反轉姿態。

士道感到皮膚一陣刺痛，單腳後退一步。

——必須盡早回到十香她們身邊才行。面對敵方首領威斯考特後，這個想法依然沒變。

確實，只要打敗威斯考特，〈拉塔托斯克〉便贏得這場戰役。不過，如今的狀況與戰爭開始前截然不同。

澪；初始精靈。由於身為第三勢力的她出現，導致戰場混亂不堪。

「……嘖。」

士道以敵人聽不見的聲音輕輕咂了嘴。

——要用〈颶風騎士〉突破重圍嗎？

不行，〈妮貝可〉不只散布在這裡，應該會擋住去路，雙面夾擊吧。

——要用〈破軍歌姬〉(Gabriel)拖住他們的腳步嗎？

不行，〈破軍歌姬〉的洗腦對擁有靈力的對手並不管用。

——要用〈封解主〉飛越空間嗎？

不行，還是欠缺可靠性，他們也不可能放任我在空間開啟「洞孔」。

士道在腦海裡思考無數個對策，又一一否定。

然後在被思緒壓縮到極限的數秒後。

「————」

士道吐了一口長氣，露出銳利的視線瞪向威斯考特。

然後，高喊。

天使之名。

「——〈鏖殺公〉。」

瞬間，士道的手中出現一把發出淡淡光芒的大劍。

〈鏖殺公〉；斬斷萬物之劍。不用說也知道，是十香的天使。

不——不只如此。

「〈冰結傀儡(Zadkiel)〉——〈颶風騎士〉——〈滅絕天使(Metatron)〉——」

接二連三——

吐出天使之名。

每吐出一個名字，士道的周圍便捲起冷氣屏障，颳起強風，出現無數發光的「羽毛」。

沒錯。在想方設法後，士道得出的結論。

便是最簡單，最愚蠢——卻最確實的方法。

「……很好。開戰吧，魔法師。」

士道將因顯現天使的反作用力而發出慘叫的身體向前傾，以籠罩著〈破軍歌姬〉力量的嗓音告知：

【──我要速戰速決，讓你來不及見招拆招。】

◇

──天空好藍。

這是艾蓮睜開眼的第一個感想。

澄澈湛藍的冬季天空拖著三三兩兩的白雲，形成無比平和的景色……不過前提是，倘若各個角落沒有空中艦艇和巫師的剪影就是了。

「啊……」

慢了一拍後，全身才湧起一陣疼痛。艾蓮在腦內對顯現裝置發出指令，讓痛覺變得遲鈍，並且抬起頭。

她俯看自己的身體──包裹全身的白金色CR-Unit〈潘德拉剛〉被破壞得殘破不堪，到處露出蒼白的肌膚。

這時，她呆滯的腦袋才開始運轉。

理解狀況，仔細回顧記憶，重新復蘇混濁的意識。

沒錯。艾蓮朝伍德曼釋放出最猛烈的攻擊——然後戰敗了。

「唔……」

艾蓮皺起臉，憤恨不平地緊握拳頭。

她在操作顯現裝置上並沒有問題，恣意驅動Unit，也隨心所欲地展開隨意領域。儘管因為看見伍德曼而意氣用事，但那也在艾蓮的實力範圍內吧。

既沒有陷入敵人的權謀術數，身體狀況和機械也沒有出毛病。她竭盡全力釋放出最強的一擊——然後吃了敗仗。無從辯解，徹徹底底地慘敗。

她心有不甘，懊悔得快要哭出來。實際上淚水已經盈滿她的眼眶。她無法原諒伍德曼，但更不能原諒無法戰勝他的自己。

——不過。啊啊，不過，不知道為什麼。

艾蓮感覺自己的腦海一隅早已設想過這幅光景。

即使自稱人類最強，即使對伍德曼刀劍相向，她內心某處還是強烈地湧起一股自己應該打不過他的預感。

若是兩人有差距，一定就是差在這裡吧。

所謂的巫師，是操縱顯現裝置，駕馭隨意領域的人。既然必須以意志力控制它們，那段潛在意識的差距就有可能成為致命性的敗筆。

「——喂。」

正當艾蓮悔恨的眼淚濡濕雙眸時，前方傳來這道嗓音——伍德曼劃破濃密的飛塵，現身在她眼前。

包裹住他身體的金色CR-Unit半毀，手上的武器已經變形。束起的金髮沾染鮮血與塵埃，隨風飄揚。滿身瘡痍的模樣比起艾蓮是有過之而無不及。

不過，即使傷勢不相上下，艾蓮還是倒在地上，而伍德曼則是以雙腳站立。這個事實就是這場戰役的結果。

「這可以算是……我的勝利吧。」

「…………」

伍德曼語氣輕鬆地笑著說道。艾蓮眉心刻著深深的皺紋，瞪著伍德曼——不久後，嘆了一大口氣。

「——殺了我吧。」

「……啥？」

艾蓮嘟囔這句話後，伍德曼眉頭深鎖如此回答。

艾蓮回望伍德曼，接著說：

「你說的沒錯，你贏了，艾略特——我無法再繼續苟活在這個世上，快點殺了我吧。」

「…………」

伍德曼聽見艾蓮說的話，吐了一口長氣，從腰間拔出小型光劍，緩慢地走向艾蓮身邊。

然後將光劍的劍尖朝向真下方——

一口氣刺向艾蓮的胸口。

「……！——」

鞏固魔力的劍刃劈開隨意領域，緊接著響起「啪嘰」一聲。

下一瞬間，包覆艾蓮身體的隨意領域煙消雲散，沉睡的痛覺再次清醒。

——啊啊，這就是死亡啊。

真是沒意思。艾蓮湧起奇妙的感慨，同時閉上雙眼。

「……？」

然而，不管經過多久，全身依然隱隱作痛，意識並未斷絕。

艾蓮覺得奇怪，微微睜開雙眼後，看向光劍刺進的自己的胸口。

於是——

「什麼……！」

艾蓮見狀，不禁發出變調的聲音。

不過，這也是理所當然的事。因為伍德曼的光劍並未貫穿她的胸口。

沒錯。以魔力創造出來的柔軟劍刃在快要抵達艾蓮胸口前改變了方向，像舔拭艾蓮的身體般繞到她的背後。

恐怕——是為了破壞搭載在Unit背部的顯現裝置。

「……！艾略特，你這是什麼意思……！」

艾蓮瞪大雙眼，大聲責備伍德曼。每次說話，她龜裂的肋骨就發出哀號，但她不予理會，狠狠瞪著伍德曼。

於是，伍德曼拔出光劍，一臉無奈地將光劍收回腰際。

「問我什麼意思，讓敵人無力反擊，不是理所當然的事嗎？讓妳配戴顯現裝置太危險了。即使考量到妳的傷勢和裝備的破損狀況，一般巫師也根本打不過妳吧。」

「我不是在說這個！為什麼不殺了我！」

艾蓮大聲咆哮。「什麼？」伍德曼大動作地聳了聳肩。

「妳這個敗者少命令勝者了，笨蛋。」

「…………！」

聽見這句話，艾蓮感到自己的臉頰瞬間發燙。

「竟……竟然罵我笨蛋，誰笨了啊！開玩笑也要有個限度……！」

「我才沒在開玩笑。敗者服從勝者是天經地義的事吧。殺不殺隨我高興。」
「你那就叫作開玩笑！瞧不起我嗎！」
「是啊，所以我不是罵妳笨了嗎？」
「我不是那個意思……！」
艾蓮一拳捶向地面，大聲怒吼。
有別於戰敗時的另一種屈辱充滿肺腑。
這個男人，伍德曼，面對剛才決一死戰的宿敵，依然把對方當成小孩看待。
沒錯，就像──數十年前，艾蓮他們的故鄉還在時一樣。
艾蓮感覺自己好不容易留在眼球周圍的眼淚快要化成淚珠落下。
「為什麼……為什麼你總是這樣，艾略特！從小就看不起我！把我當作小孩！演變成這種狀況還手下留情！侮辱人也要有個限度吧！為什麼不把我當作敵人！為什麼！」
「啊～～吵死了、吵死了，給我閉嘴。」
伍德曼一臉厭煩地摀住耳朵。
於是下一瞬間，艾蓮感覺身體突然減輕痛楚──並且湧起強烈的睡意。
恐怕是伍德曼操作隨意領域，試圖斷絕艾蓮的意識吧。
而失去顯現裝置的艾蓮根本無法抵抗。

「為什麼！為什麼——」

從眼眶流下一滴達到臨界狀態的眼淚。

「——為什麼當初不帶我走，艾略特——」

艾蓮最後留下這句話，意識便墜入深淵。

「…………」

艾蓮的眼皮倏地闔上，只發出鼻息聲。

伍德曼看著她，將半毀的光矛〈岡格尼爾〉拄在地面，嘆了一大口氣。

與〈佛拉克西納斯〉的主砲原型構造相同的〈岡格尼爾〉，本來並不是個人能運用的裝備。就連恢復全盛時期力量的伍德曼在使用時也必須做好身體受損的準備。

「……哎呀哎呀，真是吃力啊。」

他說著，搖搖晃晃地坐到陷入沉眠的艾蓮身邊。

渾身上下痛得嘎吱作響。要是沒有隨意領域的輔助，他恐怕無法站到剛才那一秒吧。

好不容易才讓艾蓮認輸，但實際上，撇除〈岡格尼爾〉造成的過度負荷不談，伍德曼的傷勢也與艾蓮不相下上。

「……妳真的……變強了呢，艾蓮。」

他摸著艾蓮的頭，感慨萬千地說道。

沒想到當初在故鄉吊車尾，也沒辦法好好操控魔力的那個艾蓮，竟然成長到如此地步。

「最強嗎……？」

他在口中咀嚼艾蓮總是掛在嘴邊的這個詞彙。

她偏執地拘泥於這個詞。伍德曼也明白這一點，才故意用這個詞彙煽動她。

不過，如今回想起來，艾蓮之所以不斷自稱為最強，原因恐怕來自於伍德曼的存在吧。

他過去曾是艾蓮共同學習、磨練技巧的對象，高高在上的朋友。

也是擁有非凡高超的能力，卻背叛自己的可恨敵人。

為了不輸給伍德曼，她自稱最強，藉此不斷鼓舞自己。

或是——一直在向伍德曼訴說，要他向自己證明何謂真正的最強。

伍德曼強烈地如此認為。

不過，假如這個想法正確……那絕對是無比滑稽的事情，因為——

「……如果有人類最強的寶座，妳早就已經坐上了那個寶座。」

這場戰爭，不過是能穩定發揮百分之百力量的人遭到能瞬間發揮百分之一百零一力量的人出奇不意地攻擊罷了。若是問伍德曼人類最強的巫師是誰，他肯定會說是艾蓮・梅瑟斯吧……不過，如果問這個問題的人是艾蓮，也許就另當別論了。

「嗯……」

伍德曼感覺自己撫摸艾蓮的頭的手不太對勁。

不對，不只是手。腳、胸、頭——身體所有部位都產生有別於受傷的疼痛和疲勞的感覺。

就像是超越極限、過度操勞的身體逐漸崩壞的感覺。隨後身體使不上力，倚靠著艾蓮當場倒下。

「……什麼嘛，竟然這麼快就不行了。看來先讓艾蓮那傢伙昏睡過去是正確的。」

不過，伍德曼一點也不慌亂。因為他早就預料到自己會落得這樣的結局。

既然除了他，沒有第二個人能夠壓制住艾蓮，也只能由他出馬。

沒錯。全都是為了保護精靈。

跟「那名少女」一樣，都是為了保護少女們。

而伍德曼達到了這個目的，完美地折斷了能傷害精靈們的人類最強之刃。

那麼伍德曼還有什麼好懊悔的呢？即使受到死神的召喚，伍德曼的表情依然爽朗。

不過，硬要說有什麼遺憾的話——

「……對不起了，嘉蓮——艾蓮。」

伍德曼吐出理應沒有人聽見的話後，以朦朧的視線仰望天空。

「那麼……抱歉了，少年，我似乎只能拚到這裡了。剩下的——就交給你了。」

——天空盛開著一朵巨大的球狀花朵。

從那震撼力十足的模樣散發出來的力量，正是伍德曼過去為之傾心的初始精靈的力量。

「啊啊——真美……啊。」

伍德曼浮現安穩的笑容後，靜靜地闔上眼。

◇

「——〈輪迴樂園(Ain Soph)〉。」

澪舉起手如此說道的瞬間。

一陣寒顫——

十香等人的背脊湧起強烈的寒意。

那是類似於澪顯現出天使〈萬象聖堂〉時的感覺。想要維持生命的本能令身體發出最大限度的警報。

——下一瞬間，大地震動，澪的背後出現一座巨大的尖塔。

表面有如玻璃，冷冰冰而無生命力。無數枝葉仰望天空般擴展開來，而枝幹的一部分有一道縱向的裂痕，有如樹靈（Dryas）一般，某種呈現少女形狀的東西露出臉來。

沒錯。那副模樣——就像是直衝天際的大樹。

不，不只如此。

「什麼……！」

十香瞪大雙眼，喉嚨緊縮。

不只十香，面對澪的真那和其他精靈們臉上也同樣染上驚愕之色。

不過，那也無可厚非。畢竟在澪的背後出現大樹的下一瞬間，宛如樹木生根一般，大樹周圍的景色產生劇烈的變化。

因混戰受到破壞的街道、煙霧裊裊的廢墟、散落一地的〈幻獸・邦德思基〉和空中艦艇的殘骸——不，何止如此，甚至連浮雲繚繞的冬季天空也逐漸變化成其他東西。

「……！這是……」

看見令人費解的現象，十香抱持高度的警戒環顧四周。

以黑白構成的世界，如方格紙劃分得井然有序的地面排列著方塊狀的臺階。漆黑的天空正睥睨著如此景色。

將情報量降至最低的簡樸風景。

彷彿世界的外皮被剝開，極度不協調。

「…………」

十香加重了握住〈鏖殺公〉的手的力道。

黏稠的汗水濡濕背部，乾渴的喉嚨陣陣刺痛，強烈的心跳聲支配著身體，震動蔓延全身。

精靈們也毫不畏懼地持續向澪投以視線，但似乎還是藏不住內心的慌亂。背後傳來聲音：

「唔……這究竟是何種情況？」

「應該……不是……幻覺吧。」

「……隨意領域？可是，這種——」

折紙開口後，澪發出聲音回答：

「……妳的感覺沒錯。DEM就是以『此』為原型，製造出隨意領域這種空間。」

她說著緩緩放下舉向天空的手。

「……我經常在這個世界隔著一層薄膜之外的地方持續展開隨意領域。而現在我將那個核心〈輪迴樂園〉的一部分召喚到這裡。換句話說，以我為中心的這一帶——正化為『鄰界』。」

「鄰界——」

聽見澪說的話，十香皺起眉頭。

她聽過這個名稱。與這世界相鄰的世界；精靈居住的場所。雖然不記得了，但十香她們也是從那個世界來到這邊的世界。

她不懂這意味著什麼，但唯一能確定的是，這事態對十香她們而言並不樂觀。

「——唔。」

或許與十香有著相同的想法，六喰將手中的錫杖前端指向澪。

「妾身不知〈輪迴樂園〉擁有何等力量。不過——只要『阻止』便無妨了吧……！」

六喰高聲咆哮的同時刺出錫杖。於是，前方的空間產生了一個「洞孔」，吞噬錫杖的前端。

「〈封解主〉——【閉】！」

接著如此大喊，一邊轉動錫杖。

鑰匙天使〈封解主〉，其力量強大無比，從有形到無形之物，一切皆能封鎖——即使是初始精靈所擁有的天使〈輪迴樂園〉也不例外。

的確，面對摸不清底細的敵人，先使出這一招來試探可說是最完美的選擇。不過——

「……！不可以，六喰！」

十香半下意識地高聲吶喊。

沒有任何根據，就連她也不知道為何自己會有這種反應。

可是，十香的本能、直覺發出強烈的警報聲。

瞬間——

「啊……嘎……──？」

六喰驚愕得瞪大雙眼，脣間吐出痛苦的叫聲。

「六喰……！」

十香望向六喰，然後發現一件事。

就是六喰刺出的〈封解主〉通過空間開啟的「洞孔」，插進她自己的後頸。

「什麼──」

「……沒用的。」

十香屏住呼吸，澪呢喃般這麼說道。

「……我不是說過了嗎？『這裡』是侵蝕這個世界的鄰界──是『我的世界』。一切的法則、條理、自然規律，都與妳們所認知的世界不同。在這個世界，是『無法』攻擊〈輪迴樂園〉的──就像人類不能在水中存活，離樹的蘋果不會掉落天空一樣。」

澪說完的同時，吃了自己的天使一擊的六喰搖搖晃晃地趴倒在黑白地面上。覆蓋她身體的靈裝化為光消失，背後浮現散發淡淡光芒的靈魂結晶。

「唔……！」

十香朝地面一蹬，伸手想抓住那顆靈魂結晶。

然而──為時已晚。澪勾了勾手指的同時，六喰的靈魂結晶便宛如被一雙隱形的手抓住，在空中移動，最後吸入澪的胸口。

——澪背負的星星亮起金黃色光芒。

「……這樣就有三個了。下一個輪到誰呢？」

她輕聲說道，移動視線打量所有人。

「……！」

狂三、耶俱矢、夕弦，現在連六喰都——被殺了。這個事實化為難以承受的情緒，排山倒海地湧向十香的心頭。

不過——

「我們逃跑吧！」

這道瞬間震動鼓膜的嗓音保持住十香的理智。

「真那——」

她移動視線，望向聲音的主人——真那。

真那的表情雖然透露出警戒之色，卻看不出畏懼。

「……唔……！」

十香頓時察覺到真那的意圖，肝腸寸斷地留下六喰她們的屍體，朝地面一蹬。

想必折紙和四糸乃也做出同樣的判斷，只見她們和十香一樣退到後方。

——天使〈輪迴樂園〉與以其為中心展開的「鄰界」。

那裡正是澪的世界。在這個空間與澪對抗，已經連匹夫之勇都稱不上，只能說是自殺行為。即使要採取什麼舉動，也必須先逃離這個地方再說。

於是，或許是看見十香等人的行動，澪猛然抬起頭。

「……嗯。不愧是真那，正確的判斷。」

接著緩緩舉起手，如此說道。

「……那麼，我就讓待在這個世界的東西無法離開到外面去吧。」

於是——

澪說完，〈輪迴樂園〉旋即發出朦朧的光芒。

「唔……！」

下一瞬間，以飛快的速度試圖撤退到界外的真那像是被一道隱形的障壁所阻擋，「撞上了天空」。

「追加法則——！嘖……無所不能是吧……！」

「……對，沒錯。這個世界完全按照我的想法在運作。」

真那憤恨不平地說完，澪便溫柔地招了招手。

接著，真那宛如磁鐵一般被澪吸了過去。

「什麼——！」

面對突如其來的事態，真那發出驚愕的聲音。

照理說，她的身體周圍是有展開隨意領域的。然而澪卻沒有表現出任何抵觸的模樣，以極其自然的動作抱住了真那。

「……真那，長期以來辛苦妳了。」

「唔，放——」

真那扭動身軀，試圖逃離澪的懷抱。然而，當澪像哄小孩一樣撫摸她的頭的瞬間，她彷彿想起了什麼事情，猛然瞪大雙眼。

「……！澪——……？」

然後露出吃驚的表情，緊接著像是感到頭痛般皺起臉。

「……沒錯。妳可以等一下嗎？我想小士一定很需要妳。」

「等——」

真那扯開喉嚨放聲吶喊。

不過，那道聲音沒有發到最後。真那的身影如同剛才的士道一樣，當場消失無蹤。

「真那！」

「真那……！」

十香和四糸乃異口同聲大喊。

於是下一瞬間，澪的身體被刺眼的光芒包圍。

「……！」

一時之間還以為澪又發動了新的攻擊，然而——並非如此。

而是天使〈滅絕天使〉的「羽毛」不知不覺間出現在澪的周圍，朝她發射光線。

沒錯。就在澪改寫世界法則，抱住真那的期間，折紙似乎預測到這樣的發展，釋放出天使。

「呼——！」

折紙發聲的同時，靈力奔流增強攻勢，從四面八方射來的毀滅之光一一爆破。樣貌截然不同的世界，地面陷沒，形成巨大的坑洞。

「折紙，別大意……！」

威力無比強大。然而，十香卻無法放鬆警戒。

就在剛才，澪同時擋下的八舞姊妹的【天際疾馳者】和十香的【最後之劍】，甚至毫髮無傷。就算出其不意地攻擊她——

「……！」

就在這個時候——

折紙抽動了一下眉毛，對澪的攻擊立刻停止。

「折紙？」

「——小心點。我並沒有停止攻擊。」

「什麼……？」

十香皺起眉頭的瞬間，瀰漫四周的煙霧散去，顯露出澪的身影。

——〈滅絕天使〉順服地擺在她手中。

「什麼——」

「……〈滅絕天使〉。」

澪輕聲呼喚這個名字後舉起手。

於是，〈滅絕天使〉將它的前端指向十香她們，發射出無數條光線。

「唔……！」

「——〈冰結傀儡〉！」

就在光線快要炸傷十香她們的那一瞬間，響起四糸乃的聲音，前方立刻築起一道冰牆。

即使冰牆被〈滅絕天使〉強大的威力給削薄，仍然以更快的速度產生冰層，阻擋它的攻擊。

不過——

「……唔。那麼我也禁止它吧。」

「咦——」

澪說完的瞬間，〈冰結傀儡〉製造出來的冰牆立刻粉碎，〈滅絕天使〉的光線貫穿四糸乃的胸口。

「四糸乃！」

「十……香──」

「哎……呀～……這下……輸慘了……呢……」

四糸乃小小的身體飛向空中，〈冰結傀儡〉與靈裝同時消融在空氣中。

倒地的四糸乃胸口浮現藍色的靈魂結晶，與六喰戰敗時一樣，被吸入澪的胸口。

◇

「隊、隊長！還是太亂來了啦……！」

「吵死了，別說喪氣話！只能硬著頭皮上了吧！總之，只要抵達那艘叫作〈佛拉克西納斯〉的艦艇的隨意領域──」

燎子的聲音被震耳欲聾的爆炸聲和隊員們的慘叫聲掩蓋過去。燎子皺起臉，在腦內下達指令，提高隨意領域的防禦性。

燎子等前ＡＳＴ隊員一干人答應了折紙的請託，如今正朝〈拉塔托斯克〉的旗艦〈佛拉克西納斯〉移動。

以言語來表達，就只是這樣的行動。可是，如果那艘〈佛拉克西納斯〉正與〈DEM艦艇交戰，而且燎子等人呈現密集陣形，以隨意領域包覆意識不清者與死者來運送，那就另當別論了。

不僅與單獨馳騁天空狀況不同，四周還不斷有彈藥和光線橫穿而過。雖然在立場上燎子選擇激發隊員的鬥志，但老實說，她非常理解隊員想說喪氣話的心境。

不過，總不能在此時逃避。既然有可能讓因為保護燎子她們而受到天使攻擊的伙伴們蘇醒，她只能仰賴這個機會。

「──隊長！」

「……！」

頓時，幾乎和隊員的聲音響起同時，燎子的全身受到了強烈的衝擊。隊員們發出慘叫。

看來似乎是被流彈擊中了──如果以顯現裝置發出的魔力砲可稱為流「彈」的話。

雖說以隨意領域保護身體，但四周交錯的也同樣是利用魔力的攻擊。若是被直接擊中，必然會受到相應的傷。推進器的一部分似乎受損了。〈佛拉克西納斯〉就在眼前，高度卻越降越低。

「唔……！不會吧，竟然在這種時候──」

燎子皺起臉，操作隨意領域試圖保持高度。不過──不盡人意。燎子等人就這麼往〈佛拉克西納斯〉的下方掉落。

不過，下一瞬間。

「——咦？」

一種奇妙的飄浮感包裹全身，映入燎子眼簾的景色瞬間改變。

從彈幕交錯的戰場天空轉變為被各式各樣的機器包圍，像是艦橋的空間。

「啥……？咦……？」

「這裡是……」

「咦？天堂這麼現代化嗎？」

當燎子和其他隊員們目瞪口呆地東張西望時，一名身穿栗灰色軍服的女性開口對她們說：

「妳是日下部上尉吧。我已經聽鳶一小姐說了。」

「妳、妳是？」

「我是〈佛拉克西納斯〉的船員，椎崎雛子。我用傳送裝置將妳們移動到艦內——來，請把阿爾緹米希亞小姐和所有隊員送往這裡。」

她說完舉起手。於是，那裡早已聚集了數臺擔架和一群疑似醫療人員的人。

聽完這番話，燎子這才理解她們已經抵達〈拉塔托斯克〉的旗艦〈佛拉克西納斯〉。

「好、好的——她們是我們重要的伙伴，請一定要救救她們。」

「我們無法保證，但一定會盡全力。」

醫療人員將失去意識的阿爾緹米希亞和陷入心肺停止狀態的美紀惠等人抬上擔架後，直接離開了艦橋。

當燎子一行人目送他們離開時，艦橋上層傳來一道少女的聲音。

「——歡迎來到〈佛拉克西納斯〉，我是司令，五河琴里。」

「……！妳好，我是前陸上自衛隊ＡＳＴ隊長，日下部燎子——呃！」

燎子反射性地朝那道聲音的方向敬禮——立刻驚愕得瞪大雙眼。

不過，這也是理所當然吧。畢竟坐在疑似艦長席的椅子上的是一名綁著雙馬尾，年約國中生的女孩子。

「妳、妳就是……司令？」

燎子一臉困惑地說完，位於艦橋下層的船員們便輕聲低喃：

「啊啊……好懷念的反應啊。」

「我們是習慣了啦，但照常理來想，是不可能的嘛。」

琴里故意清了清喉嚨。船員們慌慌張張地閉上嘴。

「……！」

燎子也赫然晃了一下肩膀，端正姿勢。

「不好意思，請原諒我一時之間試圖以年齡和外貌判斷對方能力的這種愚蠢行為。」

「沒關係。感謝妳臨機應變的應對態度——難得妳們大駕光臨，但是很抱歉，現在似乎沒時間為妳們辦歡迎會。」

「別在意，我明白現在是什麼狀況。」

燎子說完，琴里便點了點頭，對站在艦長席旁邊的男子下達指令。

「——阿爾緹米希亞回收完畢。神無月，你準備好了吧。要衝了喔。」

「是的，請交給我吧，司令。」

男子頭上戴著儀器般的東西，如此說道並點點頭。

那名男子身穿白色軍服，身材高挑，四肢修長，長髮披肩。與日本人相去甚遠的側臉，宛如哪裡的異國貴公子——

「……呃，咦咦咦咦咦咦咦咦咦咦咦咦咦咦咦咦咦咦咦咦咦咦！」

看見那名男子面容的瞬間，冷靜對待國中生司令的燎子半下意識地大喊出聲。〈佛拉克西納斯〉的船員和後方的隊員們無不驚訝地對她投以視線。

不過，燎子現在根本沒心情在意他們的目光。她猛然指向男子，再次扯開嗓門說：

「神……神無月隊長！你怎麼會在這裡！」

「喔喔，好久不見了，日下部。」

男子——神無月恭平無比沉著地回答。

於是，隊員和船員對燎子激動的態度和話語感到納悶。
「神無月……」
「隊長？」
「……沒錯。他是我剛被分配到ＡＳＴ時的隊長，是技壓群雄，部隊裡的王牌。」
燎子說完，隊員和船員吃驚地開口：
「咦，那個人嗎……」
「不覺得有點帥嗎？」
「神無月先生，以前做過那種事啊……」
「我還以為肯定是司令把流落街頭的他撿回來的呢……」
大家你一言我一語地竊竊私語。
不過，燎子不予理會，望向琴里。
「五河司令，離他遠一點！那個男人很危險！是夢想被女國中生踢屁股的變態！在任時，一個人創立『女國中生保護會』，在當地國中的上學路上盯著女國中生看，結果有人報警說他是可疑人物！司令妳剛好符合他的愛好！」
「什麼！真失禮耶。我最近也喜歡被後腳跟踩腳好嗎？雖然平凡無奇，卻別有一番滋味。」
「妳看吧！」

犯人不打自招。燎子大喊：「我說的沒錯吧。」

於是，琴里唉聲嘆了一口氣，同時從艦長席站起來——

「我不是說沒時間了嗎？少在那邊給我——廢話！」

朝神無月的屁股就是一記迴旋踢。

「呀哼！」

「！」

神無月發出奇怪的叫聲，趴倒在地。看見難以置信的光景，燎子抖了一下肩膀。

「——瑪莉亞。盡快突破前方的ＤＥＭ艦……並且對澪發動攻擊。麻煩妳準備主砲。」

『了解。精靈靈力砲〈永恆之槍〉(Gungnir)，允許啟動。』

艦橋的擴音器響起少女的聲音，主螢幕顯現表示兵器運轉的圖示。

琴里望向圖示，一腳踩在神無月至今仍一顫一顫地抽搐的背上。

「你還在悠閒地睡什麼覺啊，神無月。〈拉塔托斯克〉付給你薪水，可不是讓你來睡午覺的耶。」

明明是自己踹倒的，還這麼蠻橫不講理。燎子感到自己的臉頰有汗水滑落。

「多謝賞賜！」

然而，神無月卻一臉興奮地如此回答，宛如彈簧娃娃跳了起來，露出正經的表情……但是，

不知是倒地時撞到的還是極度興奮所導致，他那從鼻孔流下的鼻血搞砸了一切就是了。

「好了，我們上吧，瑪莉亞！為了精靈們！最重要的是，為了得到司令的稱讚！」

「……………」

……沒想到竟然有人能將「行走的麻煩製造機」、「本領如珍寶，癖好警方找」的神無月恭平馴服得服服貼貼。

燎子不得不對看起來只有自己一半年齡的五河琴里司令懷抱莫名的崇敬之心。

「——〈世界樹之葉（Yggd Folium）〉，一號到十五號發射。魚雷化，布下陷阱，同時擊退前方的敵艦。成功擊退後，準備主砲，同時支援精靈們——瑪莉亞，ＯＫ嗎？」

『除了操控者是神無月這種不悅感之外，沒有問題。』

「很好。妳提高操控者幹勁的技巧越來越純熟了呢，瑪莉亞。」

聽完瑪莉亞的毒舌，神無月一副喜滋滋的模樣，臉頰泛紅點了點頭。

不過，感覺瑪莉亞並不是為了鼓舞神無月，而是真心這麼說就是了……但也沒必要戳破讓他心情低落吧。

主螢幕上顯示〈佛拉克西納斯〉的輪廓，從中發射出無數的Unit，繞到阻擋在前方的敵艦後方。同時，包圍住艦身展開的隨意領域縮小範圍，呈反比增加強度。

對方是實力堅強的DEM艦。不過，只要脫胎換骨的〈佛拉克西納斯EX〉與神無月將力量集中在穿過橫向排列的敵艦，打開一條血路應該不是一件難事。

當然，如果只從擊敗DEM艦這一點來思考，這個計策實在難以說是上策。在沒有將敵人全部打敗的情況下，硬是突破他們的包圍，很可能將毫無防備的背後置於危險之中。

不過，琴里他們不惜背負這樣的風險也必須盡早趕到精靈身邊。

——突然出現的神祕球體。

以及直衝天際的大樹，與以其為中心形成的異空間。

那恐怕是令音——澪所顯現的各個天使。

自從被困在那個異空間，精靈們就斷了通訊。雖然不知道裡面發生了什麼事，但她們肯定正瀕臨危機。

「——唔哇！」

就在琴里思考著這種事情的時候，坐在船員席的一名少女突然大叫。

是精靈二亞。一頭短髮、戴著眼鏡是她的特徵。

由於她大部分的靈魂結晶已被威斯考特奪走，幾乎沒有戰鬥能力。不過，她說自己也想貢獻一份力量，才像這樣坐在艦橋上當一個實習船員。

而且不知是幸或不幸，她先前跟著令音重點學習偵測機器的使用方式，如今令音不在，她雖然不成熟，還是接收了分析官的位子。

「怎麼了，二亞？」

「這還用問嗎？那個……天使？是怎樣啊？已經不是誇張的等級了。」

二亞皺起眉頭，凝視著螢幕繼續說：

「天空那個像圓形花朵的東西，被它發射出來的光芒照射到的生物一律都會死亡，物體照射到則是會徹底毀滅。這完全不是受傷……這種等級的問題。該怎麼說呢？是把對象所擁有的生命、壽命、持久極限？這類東西瞬間歸零……用一句話來總結，就是必死光波？要是畫進漫畫裡，肯定會被退稿。根本所向無敵嘛！」

「妳說什麼……？」

「關於另一個天使……感覺只有那一帶完全是另一個世界。數值衝破表，簡直是莫名其妙。如果靠近到能夠目視內部的距離，或許能觀察到多一點資訊……」

「…………」

二亞說完，琴里嚥了一口口水。

於是，像是察覺到琴里的意圖，擴音器響起瑪莉亞的聲音。

『——琴里，馬上就要穿過敵方橫排戰艦了。我提議到時候將剛才收容的意識不清者與非戰鬥人員搭乘的區域分割開來，將他們射向〈烏魯姆斯〉。』

「瑪莉亞——」

『當然，我完全沒有戰敗的打算，終究只是分散風險罷了。況且，〈烏魯姆斯〉上有嘉蓮·梅瑟斯女士搭乘，應該能幫忙分析阿爾緹米希亞的腦波。』

「…………」

聽完瑪莉亞的建議，琴里思考了片刻，莞爾一笑道：

「……抱歉，瑪莉亞。還要妳提出建議。」

『不會。ＡＩ的處理速度比人類快是理所當然的事。』

瑪莉亞打趣地說道。多麼人性化的人工智慧啊。

琴里輕輕吐了一口氣後，望向位於後方的前ＡＳＴ隊員們。

「——日下部隊長，不好意思讓妳到處奔波。不過正如妳所聽到的，能否拜託妳護送發射出去的區域？」

「這個嘛——」

燎子抽動了一下眉毛，將後面的話吞了回去，朝琴里敬禮。

「沒事，了解了，交給我吧。」

琴里見狀，瞇起雙眼。

「隊長，妳真了不起，害我很想要妳來當我的部下。」

「多謝妳的抬愛。不過，我們有一點貴喔。」

「哎呀，真可怕。」

琴里笑道，燎子也回以微笑。

「瑪莉亞，在她們的視網膜濾光器中顯示通往目的地的路線。」

『了解。』

瑪莉亞說完，燎子等前ＡＳＴ隊員們便抽動了一下眉毛。現在她們的視野肯定顯示出了艦內的通道。

「──那麼，祝妳們馬到成功。」

「謝謝。」

簡短打了招呼，前ＡＳＴ隊員們便離開艦橋。琴里目送她們後，望向艦橋下層的船員們。

「──好了，很抱歉，接下來要你們陪我去地獄走一遭了。要是有人想逃跑，現在立刻跟著她們走。」

琴里說完，船員們和二亞瞬間露出吃驚的表情，隨後浮現猖狂的笑容。

「妳在說什麼啊，司令？」

「就是說啊。雖然有瑪莉亞在，但是放司令和副司令你們兩人不管，實在是太危險了。」

「我懂。」
大家你一言我一語。
「我說你們啊……」
琴里板著一張臉，搔了搔頭，但看見船員們微微顫抖的手和額頭冒出的汗水後，「呼」地吐了一口氣。
「……我知道了。一起去吧——各位，我愛你們。」
「「是！」」
船員們異口同聲地回答。於是下一瞬間，艦身一陣劇烈搖晃。
『——強行突破敵艦的隨意領域了。琴里，準備主砲。』
擴音器響起瑪莉亞的聲音，艦橋的一部分開始變形。
是精靈靈力砲〈永恆之槍〉的核心室。琴里點了點頭，踏進核心室，垂下視線集中意識。
將熱度從心臟的最深處引出，想像它纏繞住身體的模樣。
——不久，琴里的身體顯現出將火焰具象化的限定靈裝，與形狀有如巨大戰斧的天使。
琴里讓天使〈灼爛殲鬼〉（Camael）變形，化為巨砲的形狀後，將它接合到設置於前方的Unit。
那一瞬間，艦橋傳來船員的聲音。
「……！攝影機看見該空間的內部了！中央是令——不對，是崇宮澪！十香和鳶一面對著她！」

「！其他人呢？」

琴里問完，船員頓時露出一副難以啟齒的模樣，接著說：

「四糸乃、耶俱矢、夕弦、六喰……倒在周圍！唔……沒有——生、生命反應……！」

「……！」

聽見船員的報告，琴里屏住呼吸。

她早就知道大家瀕臨危機，也並非沒有料想到這報告的內容。

只是親耳聽見後，還是不禁感到心臟一陣揪痛。

『——精靈靈力砲〈永恆之槍〉。發射準備完畢。目標，異空間內的精靈，崇宮澪——可以吧，琴里？』

瑪莉亞以輕聲但充滿強調的口吻向琴里確認。

就連瑪莉亞也知道自己現在採取的行動的矛盾之處。

〈拉塔托斯克〉是保護精靈的組織，只要澪是精靈，自然也不例外。不，不僅如此，從艾略特·伍德曼創立〈拉塔托斯克〉的來龍去脈來思考，說是為了拯救她才成立〈拉塔托斯克〉也不為過，根本不可能將砲門朝向她。

不過，她現在正露出殘酷的獠牙，打算殺死精靈們——琴里重視的朋友們。琴里絕對無法容許她做出這種行為。
「……令音——」
琴里以誰也聽不到的聲音呢喃這個名字後緊咬牙根，抬起頭。
「——當然可以，瑪莉亞。火力全開發射吧。」
『這才是我認識的琴里。』
瑪莉亞簡短地回答。
琴里瞄準螢幕上顯示的目標，發射靈力砲。

「……哎呀，妳們兩個是怎麼了呢？」
澪依序望向十香和折紙，輕聲低喃。
「…………」
「…………」
十香和折紙沉默不語，表情透露出警戒，一直瞪著澪。
——狀況幾近最壞。
頭上是殺害萬物的天使〈萬象聖堂〉。

眼前是扭曲所有條理的法之天使〈輪迴樂園〉。

簡直是同時擁有最強的矛與盾的初始精靈。十香在腦海中描繪了無數次該如何行動、進攻，但最後都只想像出自己胸口被貫穿的結局。

想必折紙也是一樣吧。不——折紙的頭腦比十香靈活，搞不好預想到更絕望的狀況。

「……唔嗯。」

澪見狀，伸手觸摸下巴。

「……既然妳們不進攻，那就換我出招嘍。」

澪說完舉起手。十香和折紙因緊張和戰慄而冷汗直流。

「唔……！」

不過——下一瞬間。

「……！」

天空一閃，隨後劃出一條光線，一直線朝地上的澪奔去。

宛如一道流星。

不過其本身卻是具備毀滅之力的一擊。

沒錯。那無庸置疑是〈拉塔托斯克〉旗艦〈佛拉克西納斯〉引以為傲的主砲〈永恆之槍〉。

增強精靈之力發射出來的〈永恆之槍〉簡直就像神之雷。威力無與倫比，〈佛拉克西納斯〉

最強的砲擊。看來琴里等人已經逃離戰鬥空域，前來支援十香她們。

「————」

龐大濃密的力量奔流一瞬間將澪吞噬。大地被射出一個洞，強烈的衝擊波散布四周。從天而降的毀滅意志氣勢猛烈地恨不得將地上的仇敵殲滅得無影無蹤。

「……折紙！」

「——我知道。」

不過，在光線的暴風雨中，十香與折紙看向彼此。

瞬間察覺彼此的意圖後，同時朝地面一蹬。

〈永恆之槍〉的威力，只有一句強大可形容。雖然不知道是否能因此致澪於死地，但這無疑是千載難逢的好機會。

「〈鏖殺公〉！」

十香高聲吶喊的瞬間，金色王座衝破地面，現身眼前。十香踹倒它後，將它的形狀變形為流線型。

「——〈恩赫里亞（Einherjar）〉。」

緊接著，折紙跳上〈鏖殺公〉，將力量集中於手中的矛型Unit。

〈恩赫里亞〉。意味著勇者之魂的那把長槍擁有聚集充滿周圍的魔力和靈力的機能。

而現在，這個場所充滿了許多精靈必殺的一擊、〈佛拉克西納斯〉發射的主砲餘波，以及澪自己散布的龐大靈力。

「——喔喔喔喔喔喔喔喔喔喔喔喔喔喔喔喔喔喔喔！」

「————！」

十香發出裂帛般清厲的氣勢，同時將變形的王座以猛烈的速度朝澪射出。

而上頭乘載著折紙，她的手中舉著將周圍靈力集中於一點的長槍。

就好比是強力無比的巨弓。

集結一切的全力一擊，如今，貫穿了澪。

——實則不然。

「啊…………」

細小的。

輕微得差點沒聽見的細小聲音從折紙的脣間發出。

「！折……紙——？」

片刻過後，光線消散，十香這才發現。

折紙手持的〈恩赫里亞〉被澪擋下，反而被澪手中伸出的光矛給貫穿。

「……嗯，我早就料到妳們會用這方式來打倒我了——所以我也將計就計模仿了一下。」

說完，貫穿折紙身體的光矛消失。失去支撐的折紙搖搖晃晃，無力地倒臥在地。她的胸口出現純白的靈魂結晶，吸收進澪的體內。

沒錯。澪不僅預料到十香和折紙的奇襲，自己也聚集周圍充滿的靈力——擋下折紙的攻擊。

「————」

絕望，充滿肺腑。

千方百計，想方設法。

腦海裡能想到的方法都試過了。

結果，是擴展在眼前的地獄。

「唔——」

即使如此，十香還是沒有放棄。她緊咬牙根，打算單槍匹馬朝澪進攻。

不過，下一瞬間。

噗滋——

從地面伸出的光帶貫穿她的胸口。

「唔，啊……！」

喉嚨下意識地發出聲音。手使不上力，手握的〈鏖殺公〉掉落在地。

奇妙的是，她竟然不覺得疼痛，只是湧起一股強烈的睡意，無法站在原地。

膝蓋彎曲，俯臥在地。十香咬住舌頭避免失去意識，不過——似乎沒什麼效果。

在朦朧的視野中，十香所看見的是〈拉佛克西納斯〉被澪的天使〈萬象聖堂〉所發射出的光粒化為殘破不堪的殘骸，墜落地面的畫面。

◇

「啊……唔…………！」

琴里因劇烈的疼痛與灼熱感而清醒。

看來她似乎暫時失去了意識。

數秒後，她才恢復記憶。琴里赫然瞪大雙眼，環顧四周確認狀況。

——放眼望去，地面上一片殘骸。不難想像那是勇猛的天空霸者〈佛拉克西納斯〉落魄的下場。

琴里的模樣也很淒慘。大大小小的傷，血跡斑斑。被天使之光照射到的腹部和雙腿早已失去機能，但蘊藏體內的〈灼爛殲鬼〉試圖強行修復，因此她的身體各處燃起熊熊烈火，宛如被處以火刑的魔女。

琴里雖發出哀號，卻沒有流淚。

「什麼……」

——因為她在視野中發現了某個人的身影。

身穿夢幻靈裝的精靈——澪，正悠然地站在她面前。

不，不只如此。她的腳邊躺著渾身癱軟的二亞，而疑似從二亞身體奪走的靈魂結晶小碎片，在她的手中閃閃發光。

雖然二亞的大部分力量已被艾薩克·威斯考特奪走，但她的身體依然殘存著些許靈力。澪一定是來回收那份靈力的吧。

當然——也包含現場另一個靈魂結晶。

「…………」

這時，澪像是發現琴里似的，對她投以視線。

琴里凝視著她的雙眼，發出沙啞的聲音。

「……嗨，令音。不對，應該叫妳澪比較好吧？」

「……叫哪個都無妨。」

琴里打趣地說完，澪便微微瞇起雙眼如此回答。

看見澪的反應，琴里有些自嘲地笑道：

「……不忍直視嗎？不好意思喔，被某人打了個落花流水。」

她說著吐了一口氣。

「…………」

然而澪只是不發一語地看著她。

「……令音。」

侵襲全身的痛楚、灼熱的火焰、湧上心頭的破壞衝動——琴里強忍著一切，接著說：

「全部，都是假的嗎？妳幫助我，一直支持我——說我是妳的好朋友，這些事情全部、全部都是假的嗎？」

澪凝視琴里片刻後，開啟雙唇：

「……不是假的。我說的話，我的心情，毫無虛假。我很重視那些精靈——現在也依然認為妳是我獨一無二的摯友。」

「只是——」澪接著說。

「……為了奪回小士，我連摯友都不顧情面，如此而已。」

澪這麼說的同時，琴里有種椎心刺骨的感覺。

「——」

黑白的地面伸出光帶，貫穿琴里的胸口。意識到這一點的同時，琴里倒臥在地。

靈裝消失，火焰消失，不久後，連痛楚也逐漸消失。

不過，琴里並不對此感到恐懼。

因為一股難以言喻的感情遠遠支配著她。

沒錯。正因為是長年同甘共苦的朋友，她才知道。

——令音說的一切都是真的。

儘管她做出這種惡魔般的行為，其實是真心疼愛精靈們。

真心把琴里當成摯友。

啊啊，多麼——矛盾啊。

「……開什麼……玩笑，這是……怎樣啊……」

琴里在逐漸消逝的意識中，吐出留給朋友過於殘酷的最後一句話。

斷章／四　Date

——星期日，約會當天。

崇宮真士一個人在車站前等待澪。

因為同住一個屋簷下，真士認為兩人一起從家裡出發就好。但妹妹真那冷冷地吐槽他：「兄長，你是笨蛋嗎？不對，我說錯了，你就是笨蛋。女生需要做各種準備。你隨便在附近打發時間吧。」說完早早就把他趕出家門，還要很久才到兩人約定的時間。

「…………」

真士瞥了一眼站前廣場的大時鐘。距離碰面的時間還有五分鐘。

意識到這一點的同時，原本快要平靜下來的心臟又再次劇烈跳動。

不過，這也是理所當然的事吧。

因為真士等一下要挑戰人生第一次的約會。

而且——對方是他的初戀。

「再、再確認一次好了……」

真士說著從包包裡拿出寫著時刻表的筆記和地圖。儘管昨晚已仔細記在腦海，保險起見還是放進包包。

不過，缺點就是有些占空間。再經過幾十年，不知道是否會發明出能一次確認這些資料的小型裝置。如果能順便聽聽音樂、拍拍照，另外再附上電話機能就更好了……反正也不過是我痴心妄想罷了。

「──小士！」

當真士思考著這種事情的時候，前方突然響起澪的聲音。

「怦通！」心跳漏了一拍。真士猛然抬起頭，望向她可愛的身影。

「────」

瞬間，時間靜止。

當然並不是時間真的靜止了，只是在真士眼裡，周圍的景色的確看起來像靜止了一樣。

而在那靜止的世界中，澪小跑步來到真士身邊。

她身穿一襲白色連身裙，頂著一頭美麗的編髮。裙襬與髮尾隨著跑步的動作，輕柔地左右搖晃。

真士一時之間啞然失聲。

她原本就是受上天眷顧的美少女。不過，由於平常穿的是模仿真那服裝的男孩風格，看到她

這身女孩子的打扮才格外令真士震驚。

「……小士？你怎麼了，表情那麼可怕。」

「啊……！」

澪探頭看真士的臉，令他赫然抖了一下肩膀。

「抱、抱歉，我的表情很可怕嗎？」

「嗯。就像等一下要上戰場一樣。」

聽見澪危險的發言，真士不禁苦笑。自己的表情有那麼悲壯嗎？

不過，澪的形容算是十分貼切吧。真士現在的心境的確有許多地方與初次上陣的新兵相似。

「戰爭（DATE）啊……哈哈……」

「咦？」

「不，沒事。我只是有點愣住而已，因為……妳實在太、太可……」

真士感覺自己的臉頰發燙，但還是拚命把自己的想法說出口。

「……太可愛了。」

聽到真士說的話，澪頓時呆愣了一下，隨後臉頰微微泛紅，莞爾一笑。

「真的嗎？呵呵，好開心喔。」

「——」

她的模樣、表情、聲音、話語，都可愛得令人不禁想緊緊擁抱她。

不過，如果才剛碰頭就做出這種行為，簡直跟變態沒兩樣吧。真士深深呼吸了一口氣好壓抑自己的衝動。

「所以，小士，今天我們要去哪裡？」

「喔，喔喔……我想帶妳去看樣東西。」

「想帶我看樣東西？」

聽見真士說的話，澪歪了頭表示納悶。

澪每一個小小的動作都射穿真士的心臟。儘管如此，真士還是努力朝她點了點頭。

「妳等著看吧。好，我們走吧。」

「嗯，說的也是。」

當真士催促般轉身後，澪走到他身邊依偎著他。

「……！」

於是下一瞬間，真士抖了一下，像全身通電一樣。

理由很單純。因為站在真士旁邊的澪極其自然地握住真士的手。

而且不是單純的牽手，而是十指交扣，也就是所謂的情人式牽手。

「澪……澪小姐……？您這是怎麼了呢……」

事發突然，腦袋來不及運轉，導致講話變得莫名尊敬。由於沒有鏡子，無法確認自己的表情，但不難想像肯定紅得像番茄一樣吧。

澪似乎是對真士的反應感到一頭霧水，皺起眉頭說道：

「……我弄錯了嗎？知識與實踐果然是兩回事呢。我聽真那說，約會時都要這樣。」

「！啊……不，我想，妳應該，沒有弄錯……」

澪說完，真士才恍然大悟，瞪大雙眼如此回答。

沒錯。從今天早上被趕出家門一事可以得知，真那一直在背後協助真士與澪的約會……光是這樣就已經夠讓他感激了，沒想到竟然連這種知識都傳授給澪。真士心想：之後得磨蹭真那的臉頰以示感謝才行。

「真的嗎？呵呵，那真是……太好了。要是弄錯，就得換個方式才行了。」

「咦？」

「——這種行為，該怎麼說呢，令人非常……愉快。跟你牽手讓我感到安心。不過不只心情放鬆，還有點興奮……情緒高漲？感覺心跳有些加速。一定是小士你擁有不可思議的力量吧。」

「…………！」

對於澪直截了當又露骨的表達，真士身體發熱得都頭暈眼花了。

「小士？你怎麼了？看起來有點難受的樣子。」

「不，沒有……我沒事……」

真士正想隨便敷衍帶過時——突然止住話語。

澪正用自己剛學會的語言拚命表達自己的想法，反觀真士，卻將自己的想法硬生生地吞下肚。他強烈認為自己這種行為十分卑鄙。

真士抱著自己將滿臉通紅的心理準備，面向澪開口：

「我、我也……一樣。跟澪牽手……很開心。光是這樣心裡就小鹿亂撞……覺得出生在這世上真是太好了。」

「呵呵，太誇張了啦。」

澪如此說完，牽著手用力將真士拉向自己。

「——好了，那麼開始我們的戰爭(DATE)吧。」

「咦？」

看來剛才自己的喃喃細語被聽得一清二楚的樣子。真士頓時愣了一下，與澪相視而笑，兩人並肩走向車站。

第四章 最初與最後的對峙

「————」

——集中意識。

士道操控靈力至極限邊緣，若是一個不留神，全身就很可能四分五裂，並且吐了一口長氣。

眼前是仇敵艾薩克．威斯考特。

周圍是他的手下〈妮貝可〉。

足以當自己的對手——何止如此，這陣容士道根本應付不來。

不過，沒時間說喪氣話了。因為在這段期間，精靈們正瀕臨危機。必須盡早打敗威斯考特，回到大家的身邊才行。

「——呼————！」

先開戰的是士道。

他以〈破軍歌姬〉強化過的腳力朝地面一蹬，乘著利用〈颶風騎士〉捲起的風，揮舞〈鏖殺公〉。

同時顯現多個天使。以人身操縱一個天使就已經吃不消了，竟然同時使用複數天使，這行動簡直是脫離常軌。

實際上，都還沒攻擊到敵人，士道的身體就已承受強烈的負荷。筋骨發出哀號，為了強行修復筋骨，〈灼爛殲鬼〉的火焰如血流般竄過全身。

若是不以〈破軍歌姬〉讓痛覺變得遲鈍，也許會發瘋。在這樣的劇痛與灼熱感之中，士道大聲吶喊，同時將〈鏖殺公〉一揮而下。

「嗚喔喔喔喔喔喔喔喔喔喔喔喔喔！」

劍光一閃，化為威力強大的衝擊波，直線朝威斯考特延伸而去。

「呵──」

不過，威斯考特莞爾一笑跳向後方，同時高舉漆黑的書本──魔王〈神蝕篇帙〉。

下一瞬間，無數張頁面從〈神蝕篇帙〉中飛舞而出，層層疊起，擋下〈鏖殺公〉的一擊。氣勢減弱的劍閃，在威斯考特先前所在的地面淺淺剜挖出一道痕跡。

「唔嗯。與專門攻擊的天使正面衝突，果然形勢不利呢──〈妮貝可〉。」

「是～～！」

「交給我，父親大人！」

「我絕對不會輸給五河士道！」

〈妮貝可〉回應威斯考特，衝向士道。

不過，當她們撲向士道的瞬間，士道流暢地將手指放在嘴唇——

「嗯——啾！」

送出飛吻。

「呀——」

瞬間，〈妮貝可〉們抖了一下，戰力全失。

士道趁機縮短距離後，以迅雷不及掩耳的速度奪去〈妮貝可〉的雙唇。

「呀……！」

「不要……在父親大人的面前……！」

「果然還是戰勝不了五河士道啊……」

被親吻而發出嬌嗔聲的〈妮貝可〉，以及看見這個畫面的個體都逐漸消滅。

沒錯。以二亞的因子為基礎創造出來的〈妮貝可〉，打從一開始就處於迷戀士道的狀態，因此有辦法藉由親吻封印當事人個體以及認知到「自己被親吻」的個體。

然而，不死的尖兵一一消失，威斯考特卻只是氣定神閒地將手抵在下巴。

「——唔嗯，原來如此。我之前還在想〈妮貝可〉的數量為何會減少，原來盲點在這裡啊。真是有趣的現象呢。」

他那老神在在的態度非常令人火大。士道皺起眉頭大喊：

「真是遺憾啊，你引以為傲的〈妮貝可〉對我沒用……！」

「哦？是嗎？」

威斯考特淺淺一笑，高舉起手彈了一個響指。

「「……！」」

於是，環繞士道周圍的〈妮貝可〉抽動了一下眉毛，立刻井然有序地列隊，以數名為一個單位組成小隊，依序衝向士道。

「沒用的——！」

士道露出銳利的視線，朝〈妮貝可〉發射飛吻。

然而——〈妮貝可〉團並沒有停止前進。

「什麼……？」

士道這時才發現一件事。

那就是衝向他的〈妮貝可〉團眼前都貼著〈神蝕篇帙〉的頁面，遮擋她們的視線。

「嘖——」

發現這件事代表著什麼後，士道退向後方。

〈妮貝可〉之所以害怕士道的飛吻，並非因為他的飛吻會發射衝擊波或光線，終究只是因為

〈妮貝可〉意識到「自己接收到飛吻」，心情就會動搖。

既然如此，只要遮住她的雙眼就不會感到畏懼。這是非常簡單的道理。

不過，知易行難。

要人數如此龐大的〈妮貝可〉全部遮住雙眼，以井井有條的動作攻擊士道沒那麼容易做到。

〈妮貝可〉是群體生命。若是單獨有個擔任「眼睛」的〈妮貝可〉在某處共享視野來進行戰鬥——倒是有可能，但反過來說，也會讓擔任「眼睛」的個體意識到飛吻。一個弄不好，勢必會被一網打盡吧。

「……唔。」

思考到這裡，士道發現一件事。

現場有一名能和〈妮貝可〉共享情報，看見士道的飛吻也不畏懼的最棒之「眼」。

「——怎麼樣啊？這一招雖然簡單，但還不賴吧。」

說完，〈妮貝可〉的「眼睛」——威斯考特揚起嘴角。

同時，遮住眼睛的〈妮貝可〉團再次對士道展開攻擊。

「呀哈哈哈哈！」

「過去你倒是扔飛吻扔得很盡興嘛！」

「我要你付出代價！」

〈妮貝可〉接二連三衝向士道，發射變形為尖銳形狀的〈神蝕篇帙（Beelzebub）・頁（Yeled）〉。

「唔……！」

士道皺起臉，在千鈞一髮之際閃過攻擊，操縱〈滅絕天使〉朝四周發射光線。

〈妮貝可〉團被無指定目標四處亂射的砲擊消滅。

不過，立刻又有毫髮無傷的〈妮貝可〉們從飛散四周的〈神蝕篇帙〉頁面爬出。

「痛死了！」

「竟敢射我！」

「呀哈哈，不過這種攻擊是打不死我們的！」

威斯考特看著這場混場，邪佞一笑。

「——原來如此，你的確可說是〈妮貝可〉的天敵呢。可是，別以為這樣就能決定勝負。你似乎認為在過去的戰鬥中戰勝了〈妮貝可〉——但那就跟嘲笑沒有指揮者的樂團演奏得很拙劣一樣，是愚蠢的行為。」

威斯考特說完，宛如指揮者大動作地揮舞雙手。於是，〈妮貝可〉群配合他的動作，跳舞似的飛舞在空中。

「唔——！你這傢伙……！」

士道勉強避開攻擊，並且皺起臉以〈冰結傀儡〉的防護牆阻擋。

不只飛吻失效。獲得威斯考特這名指揮者的〈妮貝可〉所表現出的實力，可說是與先前的她們判若兩人。

感覺就像原本以量制勝，力量雜亂無章的集團，搖身一變成為統率有方的軍隊。面對執拗且慎重的連續攻擊，士道逐漸陷入絕境。

「…………」

不過——士道並未顯露出放棄的眼神。

他確確實實處於劣勢，走投無路。

不過，威斯考特的存在是威脅，同時也是致命的缺點。

理由很單純。〈妮貝可〉是威斯考特擁有的〈神蝕篇帙〉所產生的擬似精靈。既然如此，只要毀掉根源，再怎麼不死也無可奈何吧。

「——〈滅絕天使〉……！」

士道下定決心後，讓無數的〈滅絕天使〉飄舞空中——

瞄準〈妮貝可〉的密集地點，連同自己一齊發射出去。

「呀……！」

「搞、搞什麼啊，這麼突然。」

天空發射出無數光線，四周瞬間被刺眼的光芒所籠罩。

在〈妮貝可〉們的哀號中，威斯考特微微瞇起雙眼，等待閃光與瀰漫四周的煙霧散去。

「——唔嗯？」

他望向光線爆炸後的地方，微微歪了歪頭。

不過，這也是理所當然的事。因為直到剛才還待在那裡的五河士道竟然不見蹤影。

「咦？怎麼回事？是被自己的攻擊炸飛了嗎？」

「覺得打不過我們，所以自爆了～～？」

「不是吧，是逃走了吧？」

「呀哈哈，不管怎樣，都遜斃了啦！」

〈妮貝可〉們呀哈哈地一起大笑。

不過，威斯考特並未放鬆警戒。無論形勢如何不利，他也實在不認為那名少年會毫無意義地選擇自殺；若是選擇撤退，周圍的〈妮貝可〉應該可以偵測到他的蹤跡。

「我說，父親大人，現在該怎麼辦？」

一名位於附近的〈妮貝可〉可愛地歪著頭問道。

「唔，這個嘛——」

威斯考特翻閱〈神蝕篇帙〉的頁面要回應她的問題——頓時從原地跳開。

下一瞬間，威斯考特原本所在之處刺出一根有如鑰匙的錫杖前端。

方才向威斯考特攀談的〈妮貝可〉突然朝他發動攻擊。

「唔——」

〈妮貝可〉憤恨不平地吐了一口氣，一臉愁苦。

其他〈妮貝可〉見狀，驚愕得瞪大雙眼。

「妳竟然攻擊父親大人，是有什麼毛病啊！」

「叛逆期！是進入叛逆期了嗎？」

「不——等一下。那『不是我』！」

〈妮貝可〉們妳一言我一語地大喊，攻擊威斯考特的個體退向後方，與其他〈妮貝可〉拉開距離，外貌逐漸轉變。

沒錯——轉變成剛才消失蹤影的五河士道的模樣。

「嘖……失敗了啊。」

士道從〈妮貝可〉的模樣恢復原狀，咂了嘴。於是，真正的〈妮貝可〉們便一臉吃驚地指向士道。

「啊！是你！」

「竟然用我的模樣去襲擊父親大人……！」

〈妮貝可〉氣憤地怒吼。不過，威斯考特不怎麼生氣的樣子，反而樂呵呵地笑道：

「——先用〈滅絕天使〉的砲擊欺騙敵人，再用〈贗造魔女〉(Haniel)假扮成〈妮貝可〉魚目混珠，然後趁機用〈封解主〉封印〈神蝕篇帙〉的力量啊……原來如此，非常聰明的做法——所以也非常容易猜想得到。」

「……！你這傢伙——」

士道瞪著正確解說他的行動的威斯考特。

於是，威斯考特聳了聳肩，像在表達「事到如今有什麼好訝異的」。

「你忘了我的魔王嗎？它可是無所不知的〈神蝕篇帙〉耶，想得知精靈擁有的天使之力，不是再自然不過的事嗎？」

「…………」

士道聽了威斯考特說的話，板起一張臉。

因為他輕易地識破自己的奇襲，而且他那種像是在跟小孩子講道理的態度實在令人火大。

不過，最令士道不爽的是——

「給我更正。那不是你的魔王，而是二亞的天使。」

士道露出銳利的視線，再次令身體充滿靈力，顯現複數天使。

「——呵，那你就搶回去啊。」

威斯考特則是狂妄地微微一笑。〈妮貝可〉群壓低姿勢，進入備戰狀態。

沉默片刻後，士道與〈妮貝可〉幾乎同時朝地面一蹬。

然而——

「——咦……？」

那一瞬間，一股強烈的不協調感侵襲士道。

感覺自己手上的〈封解主〉瞬間快要從掌心消失似的。

與剛才利用〈颶風騎士〉在地面上奔馳時感覺到的十分相似。

士道內心湧起難以言喻的不安，宛如〈封解主〉的主人六喰遭遇了什麼不測——

「唔啊……！」

下一瞬間，士道感到自己的心窩一陣劇痛，發出痛苦的叫聲。

因為〈妮貝可〉乘著士道集中力散亂的剎那逼近士道，用腳尖深深地踢進士道的腹部。

「呀哈哈哈！你在發什麼呆啊！」

「唔……！」

士道儘管痛苦得皺起臉，依舊試著反擊〈妮貝可〉。

不過，在一對多的戰鬥中，一旦呼吸凌亂，便會成為致命性的缺點。士道受到排山倒海般的追擊，不久後雙手雙腳被〈妮貝可〉壓制住。

「咳——啊……！」

士道咳出血來，全身疼痛不已。他咬緊牙根忍耐，在手腳施力，企圖掙脫〈妮貝可〉。不過，即使透過〈破軍歌姬〉的強化，依然難以擺脫緊緊架住自己的擬似精靈。

「哎呀，沒想到那麼快就沒戲唱了啊。還是說，這也是某種戰略？」

威斯考特翻閱〈神蝕篇帙〉的頁面，一邊走到士道身邊。

「你這傢伙……！」

士道在腦海裡發送意念，在空中顯現〈滅絕天使〉。不過那一瞬間，〈妮貝可〉扣住〈滅絕天使〉，改變砲門的方向。

「唔，這樣就結束了吧。那就落幕吧。雖然我很想再跟你玩一會兒，但我必須在遇上〈神祇〉之前把剩下的靈力弄到手才行。」

說完，威斯考特站到士道的眼前。

士道憤恨地瞪著他的臉。

「……你……」

「嗯？」

「你到底是怎樣？究竟為了什麼渴求精靈之力？究竟為了什麼——要傷害這麼多人……！」

說這些話無非是在爭取時間，但質問中蘊含的情感卻是貨真價實。士道唾棄般吶喊，緊咬牙根。

於是，威斯考特「嗯」了一聲，停頓一拍後回答：

「為了創造新世界。」

「新……世界？」

「沒錯。你可能已經聽艾略特提過，我們跟人造巫師不同，是人稱純正魔法師的後裔。某一天，害怕魔法的人類燒燬了我們的村落，殺光了我們的同伴。」

「什麼——」

「所以我要用初始精靈〈神祇〉的鄰界改寫世界，向殺死我們家人的人類復仇——」

威斯考特以有些裝腔作勢的態度說完，揚起嘴角。

「——如果是這樣的理由，你也比較容易接受吧？」

「…………你說什麼？」

士道困惑地皺起眉頭。於是，威斯考特一派輕鬆地接著說：

「有一種說法，人類最初獲得的情感是『快』與『不快』這兩種。隨著逐漸成長才分化成喜怒哀樂等各種情感，不過……無論何種情感，基本上都屬於『快』或『不快』，而人類喜歡『快』，討厭『不快』。」

「你在……說些什麼？」

「老實說，不是基於什麼特別的理由，就像把獲得社會地位視為『快』的人會辛勤工作一樣；就像把受人喜歡視為『快』的人會施與別人恩惠一樣。」

威斯考特大大地張開雙手繼續說：

「而我，跟別人不太一樣，就只是如此而已，其餘的一律不變，就只是為了自己的目標與好奇心盡量努力而已——五河士道，你有過為了買玩具存錢嗎？有因為想交女朋友而整理儀容嗎？跟這些事情差不多——就這層意義而言，我是非常平凡的人類。」

「————！」

威斯考特的話令士道屏息。戰慄充滿肺腑，本能地產生抗拒。

啊啊，士道感覺自己現在才終於明白威斯考特令他感到奇怪的一部分是什麼了。

他既非異常，也不是顛狂，反而是個無比正常的人類——只是倫理觀與士道不同；生死觀與人類互不相容。

「——好了，我話說太多了。」

威斯考特如此說完，將〈神蝕篇帙〉的頁面捲成圓錐狀套在手上，朝向士道的胸口。

「再見了，五河士道。以及崇宮真士。」

「唔……！」

說完，威斯考特刺向士道胸口──

的那一瞬間。

「──哇！」

天上響起巨大的聲響，周圍的空氣如地震般微微震動。

「「……！」」

不，那與其說是聲響，更接近振動兵器。壓制住士道手腳的〈妮貝可〉們身體抽搐了一下，束縛力立刻減弱。而打算用〈神蝕篇帙〉刺向士道胸口的威斯考特，似乎也因為突如其來的衝擊而一時之間無法動彈。

「……！」

這是求之不得的好機會。不過……士道也同樣受到震動的影響，即使想逃離現場，身體也無法隨心所欲地行動。

不過下一瞬間，士道的脖子被人一把抓住，直接拉向上方。

「喔哇……！」

事發突然，令他發出驚愕的聲音。

然而，士道立刻便發現那是誰幹的好事。

「你沒事吧，達令！」

「……好險。真是千鈞一髮呢。」

「——美九、七罪！」

士道瞪大雙眼，呼喚兩名精靈的名字。

沒錯。因為在後方支援大家的美九和七罪就在他眼前。

看來是美九以聲音天使〈破軍歌姬〉使那群〈妮貝可〉畏縮，七罪再趁機拯救士道。

「抱歉，謝謝妳們救了我。還有，幸好妳們平安無事……！」

「是啊，這是好事沒錯～但現在戰況到底怎麼樣了～～？我們和其他人斷了通訊……」

「……話說，那不是敵方大將嗎？為什麼會上陣到最前線？不過，要這麼說的話，士道也一樣就是了。」

美九和七罪一臉不安地說道。士道緊握拳頭大喊：

「詳細情形之後再說！初始精靈出現了！必須盡快打倒這傢伙，趕到其他精靈的身邊！助我一臂之力吧！」

視線。

「……！」

「什麼……」

聽完士道說的話，美九和七罪露出驚愕的表情，不過——立刻明白話中的含意，露出銳利的

「那可得速戰速決了呢～為了達令和其他精靈，人家義不容辭～！」

「……又演變成麻煩事了呢。沒辦法，只好捨命陪君子了，真是的……！」

說完，美九亮出閃閃發光的鍵盤，而七罪則是舉起掃帚型天使。

威斯考特見狀，淺淺一笑。

「哦，是〈歌姬(Diva)〉和〈魔女(Witch)〉啊——真開心呢。和五河士道的靈力一併入手的話，就能得到兩個完全狀態的靈魂結晶。」

能絆住威斯考特與〈妮貝可〉的腳步，只有短暫的片刻。他們的視線已經朝向己方，進入備戰狀態。

美九與七罪眼神銳利，提高警戒。

「總之，只要打倒那個男人就行了吧～？」

「……可是，士道必須打敗那些〈妮貝可〉，否則她們會一直源源不絕地誕生吧？在士道去解決周圍的那些〈妮貝可〉時，我們要對付頭目耶。還是要用〈贗造魔女〉乘其不備，從後面一

刀幹掉他？」

「——不。」

聽完兩人說的話，士道卻搖了搖頭。

雖然戰力增加令士道十分感激，但就人數上還是敵不過〈妮貝可〉。

何況威斯考特還利用了〈神蝕篇帙〉獲得所有天使的知識。美九的〈破軍歌姬〉和七罪的〈贋造魔女〉確實是力量強大的天使，但剛才士道已經親身證實了用它們來奇襲是行不通的。

無所不知的魔王〈神蝕篇帙〉。只要主人渴求，便能「得知」一切森羅萬象之事。若是貿然從後方進攻，士道他們很可能反而會陷入絕境。

如果想要突破這樣的窘境——恐怕只有兩種方法。

一是用威斯考特想像不到的方法來攻擊。

魔王〈神蝕篇帙〉確實能蒐集世間萬物的資訊，但只要使用者不要求，它便無法發揮能力。換句話說，若是利用連威斯考特都沒有想到要探求的方式，就能攻其不備。

而另一個方法則是——

「……美九，妳能幫我演奏〈破軍歌姬〉嗎？要特別勇猛的——能讓我的身體強化到極限的那種。」

「！達令，你這是……」

「七罪也是，拜託妳將〈贗造魔女〉變化成〈破軍歌姬〉，演奏同樣的樂曲。」

「……士道，你……」

士道說完，美九和七罪瞬間雙眼瞪得老大，隨後像是察覺到士道的意圖般嚥了一口口水，開始演奏天使。

左右兩側響起雄壯威武的音樂。

「……！」

士道沐浴在演奏中，不禁屏住呼吸。

「怦通」，心臟劇烈跳動，感覺全身熱血沸騰。平常對多數同伴演奏的【進行曲(March)】，如今以二重奏的方式集中在一人身上，其效果可想而知。

「——〈妮貝可〉。」

不過，敵人也沒好心到默默看著不管。威斯考特一聲令下，將近一百名的〈妮貝可〉便同時發動攻擊。

「你做什麼都沒用啦！」

「我要讓你們三人一起對父親大人俯首稱臣……！」

〈妮貝可〉高聲吶喊，將〈神蝕篇帙·頁〉變形成圓錐狀，如箭一般發射出去。士道狠狠瞪著她們，開口大喊：

「——〈冰結傀儡〉！」

剎那間便形成一道包覆三人的冰牆。無數的〈神蝕篇帙·頁〉在觸碰到士道等人之前被擋了下來。

不過，〈妮貝可〉的可怕之處並不在於使出強力的一擊，而是其壓倒性的「數量」之力。即使每一擊的殺傷力不大，但在持續不斷地攻擊之下，冰的表面便像蜘蛛網一般龜裂。

不過——這樣就好，士道也不認為能將〈妮貝可〉的攻擊全部擋下。只要守護兩名演奏者，直到雙方的〈破軍歌姬〉讓自己體內累積足夠的力量就好。

「呼————！」

〈妮貝可〉執拗的攻擊粉碎了〈冰結傀儡〉的屏障。

同時，士道下定決心般吐了一口氣，右手顯現出巨劍〈鏖殺公〉，朝地面一蹬奔向前方。

「呵，終於出來了啊！」

「受死吧……！」

〈妮貝可〉群看見士道後，發射〈神蝕篇帙·頁〉。

然而，士道沒有顯現〈冰結傀儡〉的屏障。幾發沒避開的箭刺進他的手臂和背部。

「唔……！」

但士道並未停下腳步，一概不實施防禦和鎮痛——甚至盡可能抑制試圖自動治癒身體的〈灼爛殲鬼〉火焰，只是一個勁地奔向威斯考特。

當然，他渾身劇痛難耐，痛得可能隨時都會暈厥過去——不過無所謂。

因為現在的士道沒有餘力顯現「其他天使」。

「〈鏖殺公〉……！」

士道咆哮般呼喚這個名字，腳跟朝地面用力一踏。

於是，宛如回應他的聲音，大地開始晃動——

巨大的金色王座現身眼前。

士道第一次顯現這巨劍〈鏖殺公〉的劍鞘——王座。

「什麼……？」

威斯考特微微皺眉。

——士道高聲吶喊。

那巨大寶劍的尊貴之名。

「——【最後之劍】——！」

瞬間，士道召喚的王座產生無數條裂痕，隨後分解成好幾個部分，纏繞在士道手握的劍上。

形成人類難以緊握，高大無比的寶劍。

士道的痛楚已超越極限，感覺腦袋就要燒壞了。在這樣的狀態下，他將寶劍朝威斯考特一揮而下。

「——唔喔喔喔喔喔喔喔喔喔喔喔喔喔喔喔喔喔喔喔喔喔喔喔喔喔——！」

沒錯。這就是可能打敗威斯考特的另一個方法。

——明明知道，卻無法阻擋的全力一擊。

而士道所知的最強一擊，無非是十香擁有的這把【最後之劍】……！

刺眼的靈力光芒吞噬威斯考特，劈開大地。

「呵——哈哈，哈哈哈哈哈哈哈……！」

面對逼近而來的強大靈力波，威斯考特哈哈大笑。

填滿整個視野的龐大靈力塊。這恐怕是身為人類卻能施展精靈之力的五河士道最大最強的一擊。

只要奪走靈魂結晶，這份力量就能納為己有的激昂感與死亡正逼近己身的興奮感，令威斯考特的腦海充滿快樂物質。

原來如此，士道思考的完全沒有錯。威斯考特對天使的能力瞭如指掌，對他展開奇襲根本毫無意義。既然如此，施展全力一擊，連同防禦一起破壞的這個方法，可說是最簡單又最合適的解答吧。事實上，威斯考特手裡確實沒有能阻擋這一擊的招式。

不過──

「──看來你對『知道』的定義還太狹隘了呢。」

威斯考特如此低喃的瞬間──

「父親大人──！」

好幾名位於周圍的〈妮貝可〉為了保護威斯考特而聚在一起。

當然，不過是擬似精靈的〈妮貝可〉不可能承受得了天使最強的一擊。觸碰到【最後之劍】的〈妮貝可〉們瞬間化為光，消失無蹤。

不過，〈妮貝可〉的力量是「數量」。況且只要〈神蝕篇帙〉還存在，她們便能死而復生。數量龐大的〈妮貝可〉群在威斯考特的面前組成層層的防護牆。

而且──威斯考特早已「知道」。

〈公主(Princess)〉施展這一擊時的事。

這猛烈一擊的毀滅範圍。

維持最強威力的持久時間。

「呵──！」

威斯考特在〈妮貝可〉抵抗劍擊的期間，在其他〈妮貝可〉的幫助下逃向左方。

當然，威斯考特並非毫髮無傷。雖然避開了龐大的靈力，他的手腳依然受到灼傷。
不過——威斯考特存活了下來。
而他的手上依然保有〈神蝕篇帙〉。
——不久後，威力強大的靈力奔流逐漸消散。
「呵……哈哈，哈哈哈哈哈哈哈！」
威斯考特發出笑聲。
五河士道已經找不到任何方法來對抗威斯考特。
賭上精靈之力的這場勝負，無疑是威斯考特勝利。
不過——
「……………………嗯，我早已預料到你能躲過這一擊。」
「——？」
塵土飛揚的另一頭傳來士道的聲音，威斯考特微微抽動了一下眉毛。
「——的確，只要得到〈神蝕篇帙〉，當然能事先查詢天使的能力。由不是原本主人的我來使用，威力也會減弱——可是啊……」
一陣風吹來，瀰漫的塵土散去。
顯現出士道的身影。他雙手合掌，擺在腰部的位置。

「那你『知道』『這個』嗎？有查詢過了嗎？無所不知的威斯考特……！」

然後他如此吶喊，凝視著威斯考特吐出話語。

「——瞬——閃——」

「什麼……？」

威斯考特聽見這幾個字，細微但確實地皺起了眉頭。

陌生的詞彙。不是天使之名。是咒語？魔法？符咒？還是——

「——轟——爆——」

短暫的困惑。

威斯考特調查，並且熟知所有他想像得到的敵人的能力，正因如此，才會產生出這剎那間的破綻。

士道瞪大雙眼，將雙手推向前方。

「——破——————————！」

下一瞬間。

「什麼——」

一股強烈的靈力奔流。

完全未知的攻擊——吞沒了因【最後之劍】而疲憊不堪的威斯考特。

「————」

士道宛如斷線一般渾身無力，當場頹倒在地。

「達令！」

「士、士道……！」

後方傳來呼喚士道名字的聲音。緊接著，士道被人溫柔地扶坐起來。

「噢……是美九和七罪啊。抱歉啊……我好像……有一點……拚命過頭了。」

【何止一點～～！根本是遍體鱗傷啊～～！】

美九淚眼婆娑地說道。她的聲音大概蘊含了〈破軍歌姬〉的靈力吧，折磨全身的痛楚逐漸緩和下來。

「謝謝妳……我已經沒事了。」

「啊！達令！」

「喂……你還好嗎？」

士道在美九和七罪的幫忙下站起來，踏著踉蹌的腳步走在被破壞殆盡的地面上。

不久——發現破損約三分之一的〈神蝕篇帙〉，以及倚靠著瓦礫倒臥在地的威斯考特。他身上那套漆黑的西裝變得破破爛爛，全身各處冒出鮮血，簡直是滿身瘡痍。

「……哎呀。」

不過，威斯考特一副絲毫不覺得疼痛的樣子眨了眨眼，望向士道。

「我好像被打敗了呢。這就是終點嗎？唔……意外地挺沒意思的嘛。」

「……你──」

士道目睹他的模樣，感覺先前遺忘的情緒又再次被點燃。

威斯考特已經沒有力氣抵抗。若是士道將天使刺向他，肯定能立刻讓他一命嗚呼吧。

自覺到這一點的瞬間，士道體內崇宮真士的怒火開始湧上心頭。

意中人被傷害的憎惡、妹妹被奪走的怨忿──自己被他殺害的憾恨。

崇宮真士的記憶在士道體內蘇醒，對眼前的男人投射極大的殺意。

「…………」

士道像是被另一個自己驅使一樣，慢慢舉起右手。

然後默默地在右手顯現出天使。

「！達令！」

「士道……！」

想必是察覺到士道的狀態，美九和七罪高聲吶喊。

不過——為時已晚。士道的手已迅速地揮下。

——朝放在威斯考特身旁的〈神蝕篇帙〉揮下。

「……〈封解主〉——【閉】。」

然後轉動手上的天使——〈封解主〉。

下一瞬間，從〈神蝕篇帙〉發出的靈力逐漸平息，散落四周的無數頁面化為光粒消失無蹤。

這下就暫時封印了〈神蝕篇帙〉的力量，可說是奪走了威斯考特所有的力量。

美九和七罪見狀，鬆了一口氣。

「真是的……嚇人家一跳呢～」

「……嗯，老實說，我還以為你要殺了他。」

聽見兩人的聲音，士道吐出一口長氣。

「……沒錯，我是想殺了他。實際上，我就是認為就算他死於我最後的攻擊也無可奈何才發射出去的。」

「最後的……」

「喔喔，那個叫瞬閃什麼名字的……」

士道咳了一下，繼續說：

「我不知道該怎麼說……但我覺得我一定不能這麼做，因為我不想變成跟這些傢伙一樣。雖然對小士很抱歉就是了……」
「達令……」
「……反正，這樣也沒什麼不好嘛。」
士道聽見兩人說的話，點了點頭。
於是傳來威斯考特嘆息的聲音。
「這樣好嗎？我想不會再有這麼好的機會了喔。」
「吵死了。吃敗仗的人少在那裡指手畫腳的。」
「哈哈，真像是艾略特會說的話……可惜啊，我很好奇死亡是什麼感覺——」
——這時。
威斯考特止住話語。
不——應該說是說不出話來比較正確吧。
因為轉瞬間突然變成黑白世界——威斯考特的胸口浮現釋放灰色光芒的結晶。
「什麼……！」
士道驚愕得瞪大雙眼，環顧四周。
周遭的光景顯然不正常。前一刻附近還一片廢墟，如今卻變成以黑白構成的幾何學空間。
「咦……？」

「啊——」

緊接著，後方傳來美九和七罪的聲音。

一時之間，士道還以為她們也被突然變化的世界嚇了一跳，然而——並非如此。

隨後，士道才發現。

有一道像光帶的東西從地面伸出，一直線貫穿美九和七罪的胸口。

「……！美、美九，七罪……！」

士道發出慌亂的聲音後，她們的胸口顯現出閃閃發光的靈魂結晶——與威斯考特的結晶一起向上飄浮，朝天空飛去。

接著，美九與七罪便像斷了線的人偶無力地倒下。

「喂、喂！妳們兩個……怎麼了……」

士道搖晃兩人的身體，接著突然說不出話。

理由很單純。因為數秒前還在跟他說話的兩人——已變成沉默不語的屍體。

「這……這到底是怎麼回事啊……！」

「————小士。」

這時。

宛如要回應士道的困惑——

那名少女從黑暗中現身。

「……！澪——」

沒錯。身穿莊嚴靈裝的精靈崇宮澪不知不覺間出現在眼前。

說得更正確一點，她的服裝跟剛才的模樣有微妙的差異。

她背上的十顆星星。剛才只亮起一顆，如今卻綻放出燦爛刺眼的光芒。

「…………！」

腦海裡掠過最糟糕的想像，但他非問不可。士道壓抑著想嘔吐的衝動開口：

「大、大家呢……」

「…………」

聽見士道的提問，澪緩緩將手舉到前方。

於是，她背後閃耀的十顆星便各自顯現出美麗的靈魂結晶。

「什麼——」

可悲的是，目睹美九與七罪模樣的士道理解了這意味著什麼。

就是所有精靈的——死。

「啊，啊……」

——他終究還是來不及。

士道半下意識地感受到自己的喉嚨發出顫抖的聲音。

感覺絕望從理解狀況的腦部依序侵蝕到全身。視野模糊，指尖顫抖，全身無力，甚至難以撐起上半身。

「──準備完畢了。」

相反的，澪卻以沉著的聲音如此告知。

「這樣我們就可以永遠在一起了──小士。」

◇

「……這個異空間到底是怎麼回事？」

〈拉塔托斯克〉的空中艦艇〈烏魯姆斯〉飄浮在化為戰場的天宮市上空。

代理圓桌會議議長的嘉蓮．梅瑟斯在艦橋上發出冷靜卻帶點不耐的聲音。

不過，這也無可厚非。本來這場戰役就已經夠混亂了，偵測器竟然還突然偵測到疑似初始精靈的靈波反應。

緊接著又出現神祕的天使與謎樣的異空間。而發生上述現象的周圍，不論敵我，都偵測不到所有巫師、自動人偶以及空中艦艇的反應，其中甚至包含敵方旗艦〈雷蒙蓋頓〉。

光就這一點來看，雖然不符常規，但可說是〈拉塔托斯克〉的勝利。

不過，事態沒那麼單純。

沒錯。不僅〈拉塔托斯克〉的核心人物五河士道的反應也消失了，甚至連我方旗艦〈佛拉克西納斯〉也在天使前墜落。

因此形成異常的戰場，就好比國王不在的西洋棋盤。

想必DEM那方也處於不知該如何是好的狀態。雖然不能排除敵方可能是因為得知威斯考特被殺害而進行復仇戰——但根據因為敵人在眼前而不得不交戰這種簡單的行動原理來判斷，說是為了避免恐慌狀態還比較合理。嘉蓮的想法是，無論如何肯定都會陷入恐慌。

這種事情再繼續下去，只會令雙方徒增疲憊罷了。嘉蓮好不容易掌握現狀，在因慣性而繼續交戰的空檔試著自己分析異空間。

不過，越是調查就越是一頭霧水。

她明白這是以天使為核心所形成的類似結界的空間。但組成這個空間的靈子屬性會逐漸變化，只要一時鬆懈就會變成與剛才截然不同的屬性。

規模就像大象與螞蟻般天差地遠，簡直就像巫師所操縱的隨意領域——

「——難不成，是『鄰界』——？」

嘉蓮呢喃出這句話的瞬間，坐在附近的船員突然高聲吶喊：

「這是——」

「怎麼了？」

「報、報告。我接收〈佛拉克西納斯〉射出的自動感應攝影機的回路，從外部查看異空間內的影像……發現了疑似精靈的屍體……！」

「你說什麼？」

嘉蓮皺起眉頭，探頭查看船員的個人電腦螢幕。

確實如他所說，畫面中可以看見好幾名精靈俯臥在地，其中也包括〈佛拉克西納斯〉的艦長五河琴里的身影。

「唔。」

嘉蓮發出輕聲嘆息。

確定時崎狂三以及八舞耶俱矢、八舞夕弦姊妹已被初始精靈殺害。只是，沒想到在短短期間內，竟然又增加這麼多——

「……等一下，這就是全部的影像嗎？」

「是、是的。至少現在接收到的只有這些……」

「…………」

聽見船員的回答，嘉蓮將手抵在下巴。

也許只是看漏了，或只是還沒有遇到初始精靈。

不過——影像中屍體的數量確實比進入異空間的精靈數量「少一個」。

◇

——搖搖晃晃地搖擺。

——一圈一圈地旋轉。

分不清哪邊是上、哪邊是下，無所適從的空間。有如在溫水中游泳的舒適感與彷彿被吸入黑暗的不安感共同存在的奇妙狀態。

不——無所適從的不只空間。

有種自己的身體不屬於自己的感覺。若是注意力一鬆懈，感覺手、腳就會消融在世界中的突兀感。

那是恐懼，也是甜美的誘惑。如同快要墜入夢鄉，難以抗拒的快感。明知會失去意識，還是不禁想要順從。

（……唔，啊……）

不過，十香腦海深處隱隱作痛的某個東西卻表示抗拒。

——不行，不行。不可以那樣。

要是順從那種感覺，一切肯定會結束，會再也無法睜開雙眼。

不過，即使明白這個道理，類似睡意的感覺還是揪著十香的意識不放。惡魔溫柔地招手，逐漸侵蝕十香的自我——

（——要墜入嗎？也罷，那樣也好。）

瞬間。

某處響起這樣的聲音，令十香赫然瞪大雙眼。

（……！——）

前一刻的睡意宛如虛假一般，意識清晰不已。直到剛才好似要融化在空間裡的手腳，感覺逐漸恢復。

結果反而突顯了這個空間的奇妙之處。

放眼望去，也不知道這裡是哪裡——不，是「什麼」。

像是什麼都看不見，又像是一望無際般不可思議的空間。硬要說的話，感覺比較接近過去隨著空間震的發生，快要在這個世界清醒時的感覺。

——不過，這個地方有一個確實的資訊。十香勉強控制住自己搖搖晃晃的身體，循聲望去。

（什麼……）

看見位於那裡的少女，驚愕得瞪大雙眼。

四周飄飄蕩蕩的是一頭烏黑的髮絲。

靜靜地凝視這方的是一雙水晶般的眼眸。

沒錯。那名少女——跟十香長得一模一樣。

（妳、妳究竟是誰……）

十香納悶地詢問，少女冷哼一聲回答：

（名字嗎？我沒有那種東西——硬要說的話，「我就是妳」。）

（我……？）

十香聽見少女的回答，表情染上了困惑之色。

不過，她無法將少女說的話當作笑話一笑置之也是不爭的事實。要說少女是別人，她又實在長得太像十香，反倒是八舞姊妹還比較容易找到相異之處。

（這到底是怎麼回事……這是夢嗎？）

（夢嗎？哼，算是雖不中亦不遠已吧。差別在於是在妳的腦中還是那女人的腦中。）

（那女人——？）

聽她這麼一說，十香輕輕抽動了一下肩膀。

這句話引發一個又一個的記憶被挖掘出來。

沒錯。十香與其他精靈一同對抗澪——然後戰敗。

（大家……大家在哪裡？既然我在這裡，代表其他人也在這裡吧？）

十香再次環顧四周說道。照理說，其他精靈也像十香一樣，被澪吸收了靈魂結晶。既然十香——至少她的意識——在這裡，那麼其他精靈在也不足為奇吧。

這時，十香發現自己的提問說明不足。因為少女的容貌跟十香一模一樣，知道十香不知道的事，因此十香便自以為對方聽得懂所有的話。

（啊，我所謂的大家是——）

（其他精靈嗎？）

（！妳知道啊！）

十香雙眼圓睜，少女輕聲嘆息，並且接著說：

（——從之前清醒時開始，我偶爾會透過妳的雙眼觀察世界。）

（唔……？透過我的雙眼……？）

十香聽不太懂少女說的話，因此歪過頭。

不過，少女搖了搖頭，像在表達「不用勉強理解」似的，接著回答十香之前的提問。

（這裡只有妳一個人。其他人被那個女人奪走了靈魂結晶，以人類的身分死去。女人體內有的，終究只是那些靈魂結晶而已。）

（……！）

聽完少女說的話，十香屏住了呼吸。

她並非不知道其他人已經喪命的事實。她親眼看見大家被澪殺死，俯臥在冰冷地面的光景。

不過，再次從別人口中聽到這個事實時，十香感覺到心臟被人捏碎般的痛楚。

但她立刻發現少女的話有哪裡不對勁。十香眉頭深鎖反問：

（以人類的身分……？這是什麼意思？折紙和琴里兩人之前確實是人類沒錯……但是四糸乃、耶俱矢、夕弦、七罪跟我一樣都是精靈吧？）

（不。除了那女人，其他被稱為精靈的存在都只是她給予靈魂結晶的人類罷了——只有一個例外。妳剛才提到的那些人，只是在數十年前被變成精靈，失去人類時的記憶。）

（什麼——）

十香不禁瞪大雙眼。

精靈——全都是人類。

以前二亞好像說過類似的話——但是應該無法判定這件事的真偽。重點是，十香完全不記得自己身為人類時的事情，因此一點真實感也沒有。

不過，若是少女所言不假，有一點很奇怪。

（那麼……我為什麼還活著？我不也是其中一人嗎！）

沒錯。十香也跟大家一樣，被澪貫穿了胸口。

那麼十香沒有像其他人以人類的身分死去不是很奇怪嗎？

（這是因為——）

（——！）

於是，少女倏地瞇起眼睛，開啟雙脣，簡潔地述說原因。

十香聞言，不禁瞪大雙眼。

不過——十香立刻緊抿雙脣，握起拳頭。

（……哦？）

少女抽動了一下眉毛。

（我本以為妳會感到困惑，想不到理解得挺快的嘛。）

（……嗯。不對，我很困惑。但是……若妳說的是真的，我現在倒是很想感謝這個事實。）

（哦……？）

少女興味盎然地瞇起雙眼。十香的雙眸蘊含著堅定的光芒，抬起頭說：

（——我，像這樣存活著。既然存活——就還能戰鬥。）

十香說完，少女輕輕哼了一聲。

（原來如此——不過，敵人是我們的母親，就算還能戰鬥也敵不過她。能做的，頂多只是爭取幾分鐘的時間而已，只會再次嚐到死亡的痛苦。不……下次那個女人肯定不會再失手，到時候甚至連意識的斷片都不會殘留，完全灰飛煙滅。）

少女語帶威脅地說。

不過，十香毫不猶豫地搖了搖頭。

（——無所謂。只要有數分鐘，士道或許就能逃過一劫，也許就能想到突破現狀的方法——這希望大得值得賭上我的性命。）

（哦，不過，妳死了，代表我也會滅亡。因為我就是妳。）

（什麼……是、是這樣嗎？那就……唔……抱歉了……不過，妳不也希望我挺身戰鬥嗎？）

（哦？妳為何會這麼想？）

少女心生疑惑，探頭窺探十香的雙眼。十香直勾勾地回望她，回答：

（——因為妳開口對我說話了啊。）

（——————）

十香說完，少女抽動了一下眉毛——不久便像是忍俊不禁地綻放笑容。

（呵哈哈。這樣啊……是啊，說的也是。）

不知為何，十香看見她的表情，有種莫名的感慨——噢，原來這名少女也會笑啊。

少女嘻嘻竊笑後，張開雙手抱住十香的肩膀。

（——那就去吧，我。盡情地胡亂，直到妳心滿意足為止。）

（……嗯。謝謝妳，我。）

少女莞爾一笑，放開十香，推了她的背一把。

◇

「不會……吧……」

儘管嘴裡吐出這句話，士道依然只能無力地跪在地上。

「……啊，啊……」

喉嚨半下意識地發出無力的聲音。

於是，突然有一道影子落在士道凝視的地面上。

——澪不知不覺間來到士道的眼前。

「……小士。」

澪發出既憐愛又悲傷的聲音如此說完，輕撫士道的臉頰。

「……對不起喔，我也不希望讓你傷心。」

「可是——」澪接著說。

「放心吧，你的悲傷——馬上就會消失。因為你打從一開始就不認識我以外的精靈，這份罪過由我來承擔。所以，你不需要再苛責自己。」

「我……」

士道發出細小如蚊的聲音，回望澪的臉龐。

——籠罩著神聖無比的光輝，如女神般的少女。

不久前，士道還有著必須阻止她的想法，認為不該消除身為「士道」的記憶和至今的人生。

他原本堅決要和大家一起活下來。

不過現在，一切都無所謂了。

就算能逃離澪的身邊又有什麼意義呢？

已經沒有任何一名精靈在等待士道歸來。

「…………」

——若是想從這撕心裂肺的絕望中解脫，任憑澪處置還比較輕鬆——

他自己也認為這種想法很糟糕，但也許是受到內心蘇醒的小士的記憶影響，他實在無法停止這種念頭。

「……小士。」

澪用手觸碰士道的頭。

「啊……」

士道……無法揮開她的手。

他的身體早已到達極限，而他的心靈更是失去了抵抗的力氣。

「嗯——」

澪瞇起雙眼，將力量集中到手上。

（————）

於是，士道的意識漸漸模糊。

（——道——）

沒有疼痛。反而像春天的暖陽令人昏昏欲睡，感覺非常舒服。

（——士道——）

啊啊，多麼溫和的死亡啊——

『士道！』

——這時。

「……！」

似乎從某處傳來這樣的呼喚聲——士道赫然瞪大雙眼。

一瞬間還懷疑是自己幻聽。

不過，接下來映入眼簾的畫面否定了他的懷疑。

「什麼——」

「……什麼？」

士道屏住呼吸的同時，澪也微微皺起眉頭。

不過，這也無可厚非吧。因為澪的靈裝閃閃發亮的十顆星，其中一顆產生了裂痕。

『————喔喔喔喔喔喔喔喔喔喔喔！』

下一瞬間。

澪的一部分靈裝像是從內部被劈開似的綻裂——隨後手握〈鏖殺公〉的十香從中衝出。

十香一把揪住士道的脖子，直接剝開澪的手，大幅度地跳躍，與澪拉開距離。

然後擋在士道的面前保護他，大聲說：

「士道！你沒事吧！」

「十香……！」

「一切尚未結束——好了，站起來吧，士道！」
士道語帶驚愕地回答後，十香便用力地點了點頭。

斷章／五　Ocean

「……可以了嗎？」

「還不行。再等一下。」

黑暗中，真士拉著澪的手前進。

話雖如此，澪和真士並非踏入光線照射不到的洞窟，也不是走在沒有街燈的夜路上。只是真士拜託澪暫時閉上雙眼而已。

關閉視覺前進是多麼不踏實的事情，但澪完全沒有感到不安和恐懼——想必是因為真士緊緊握著澪的手吧。

真是——奇妙的感覺。

光是手指、掌心感覺到真士的存在，理應感受到的擔憂和畏懼便一口氣消失得無影無蹤。

非常奇妙又毫無根據，無所不能的感覺，卻讓澪暢快無比。這又讓澪感到極為不可思議。

「——好了，可以睜開眼睛了，澪。」

就在這時——

真士停下腳步如此說道。

「嗯——」

澪輕輕點了點頭，慢慢張開閉起的眼睛。

於是下一瞬間，刺眼的光芒刺激澪已習慣黑暗的雙眼。

緊接著，純白的世界逐漸浮現真實的影像——

影像充滿整個視野。

「——哇啊——」

澪不禁發出讚嘆。

首先映入眼簾的，是眼底收不盡的藍。

天空，與遼闊程度不相上下的搖曳生姿的青青草原。

反射的陽光；潮起潮落的海浪聲；刺激鼻腔的濃郁氣息。

沒錯。那是——

「——大海。」

根據顯示於眼前的種種要素，澪將那幅光景與腦內的資訊結合，開口說道。

真士點了點頭，微笑著回答：

「沒錯。我記得妳說妳想看看大海，對吧？」

「啊……」

聽真士這麼一說，澪才回想起來。自己被真士撿回家不久後，從書籍和影像吸收知識，曾表示十分好奇占據地球七成的這個獨特的環境。

沒想到真士竟然將這件事放在心上。澪有種胸口揪緊的感覺。

「──我好高興喔。謝謝你，小士。」

「不、不客氣……妳高興就好。」

澪說完後，真士害羞得臉頰泛紅，笑著回答。

澪莞爾一笑回應他，奔向沙灘。

「啊，澪！」

「呵呵。」

真士的聲音從背後傳來。澪脫下鞋子，發出「嘩啦」的聲音一腳踏進海裡。

澪是在比較早的階段學到關於「大海」的知識。如果問她相關的問題，她一定能說明得比一般人詳細。

不過，腦海裡存在的大海與現在以五感感受到的，不論是存在感還是細節都截然不同。

海水冰冷的觸感、向下陷的細沙。定期蠢動的海浪讓澪清清楚楚地感受到無比強大的力量的一部分。

「啊啊——」

——多麼舒服啊。

後半段已經難以用話語來形容。她伸懶腰似的大大地舉起雙手，將身體向後仰。

對剛出生不久的澪而言，一切都是初次體驗。眼、耳、鼻、舌、肌膚所感受到的刺激，全都化為難以名狀的快感，包圍著澪。

不——肯定不只如此。

澪笑容滿面地轉過身，面向待在海邊的真士，張開雙手。

「小士！」

大概是從澪的話語和動作察覺到她的意圖，只見真士頓時吃驚得瞪大雙眼，微微苦笑後便和澪一樣脫下鞋子，走向海浪拍打的地方。

「呵呵——」

真士一走到身邊，澪便踏出一步，以張開的雙手握住真士的雙手。

「哇！澪……？」

事發突然，真士慌張地瞪大雙眼。

不過，澪一點也不在意。她握著真士的手，跳舞般轉來轉去、動來動去，不斷發出嘩啦嘩啦的水聲。

「——啊啊，啊啊，真是太棒了。」

沒錯。初次體驗的大海足以稱為感動。澪的身體依然興奮得直打顫。

不過，真士將澪放在心上的這個事實跟這份感動一樣——不，是超越這份感動，令她開心無比。

超乎五感的感動，由內而發的衝動。

啊啊——沒錯。

她並不是單純因為能看到大海而開心。

真士記得她說過的話。

真士帶她到這裡來。

——真士和她在一起。

這些事都令她強烈地認為非常重要、難得。

「哇……哇哇！」

「——！」

因為澪依然興奮感動得不斷跳舞，害得兩人突然失去平衡，當場跌倒在地。

嘩啦——發出響亮的聲音，四周濺起水花。由於真士立刻護住澪，澪並不感到疼痛。只是兩人一起渾身濕透了。

「妳、妳沒事吧，澪？」

「嗯。對不起喔，小士。我有點開心過頭了。」

兩人彼此說完，凝視著對方被海水弄得溼答答的臉龐一會兒。

「……呵。」

「──呵呵！」

然後不約而同地綻放笑容。

澪忍不住張開雙手緊抱住真士。

「哇……！澪、澪……？」

「嗯……『喜歡』。我最喜歡小士了。我愛你愛到不知該如何是好。為了你，我覺得我什麼都辦得到。」

澪接連將心中產生的感情化為語言。

不過，大概是剛學不久或是語言這種表達形態有極限，澪強烈地覺得自己現在感受到的瘋狂愛情並沒有百分之百傳達給真士。

「──！」

不，澪立刻恍然大悟，所以她現在才會緊緊擁抱著真士。

這並非她刻意做出的舉動，而是難以忍耐的衝動具體成形般的感覺。但是，那確實就是向對方表示愛意的舉動。

人類在學會用語言表達愛意之前，一定是先學會用肢體來表達吧。在冰冷海水中感受到的真士的體溫、心跳和呼吸，帶給澪心蕩神馳的幸福感。

啊啊——可是還不夠。難以言喻的渴望。明明比剛才更靠近多了，卻感覺真士還是離自己非常遙遠。隔著兩人的衣服這微小的距離令她感到鬱悶，甚至覺得不需要覆蓋身體表面的皮膚。

——想更接近真士，想和真士融為一體。

當這份衝動越來越深刻時，澪下意識地凝視著真士的雙眼。

然後慢慢垂下視線，將自己的嘴脣湊近真士的嘴脣。

「……！——」

大概是察覺到澪的意圖，只見真士的身體微微顫抖。

儘管真士滿臉通紅，還是像立刻下定決心似的，也將臉慢慢靠近澪。

搖曳的水面映出兩人的身影，隨後正準備重疊為一——的那一瞬間。

「——哈啾！」

澪輕聲打了個噴嚏。

打噴嚏時睜開了眼睛，與真士四目相交。

「…………」

「…………」

「…………噗！」

「…………哈哈。」

沉默片刻後，兩人噗嗤一笑。

真的快樂、好笑、開心得不得了。

澪很喜歡真士，想必真士也一樣非常喜歡澪。

不過就是如此單純的事，就讓原本亮麗的世界更加璀璨。

這樣的幸福，今後也會一直持續下去吧。

明天、後天，往後，永遠。

光是這麼想，澪就感覺內心激昂又雀躍。

第五章 手觸扳機的是

——士道一時之間還以為那是夢。

也以為是陷入極限狀態導致的幻覺。

不過，眼前少女真切的存在感，令士道將這種怯懦的想法一口氣拋到九霄雲外。

隨風飄揚的烏黑秀髮、映出夢幻光芒的水晶雙眸，以及她身上穿的藍紫色鎧甲與閃閃發亮的洋裝。

沒錯。精靈夜刀神十香顯現出完全形態的靈裝出現了。

「十、香……十香……！」

當士道的腦袋清清楚楚地認知到她的存在時，雙眼也同時滴滴答答地流下眼淚。

一方面是對十香還活著一事感到安心，但最大的原因還是無法原諒自己有短暫的片刻打算遺忘大家的意念，屈服於澪。

「抱歉，十香，我……有一瞬間想要放棄——」

「說什麼傻話！」

十香打斷士道，高聲說道：

「就是因為你沒有屈服，所以現在還活著！還需要什麼更有力的證明嗎！」

「……！」

這句話令士道感到如雷灌頂的衝擊。

然後自我警惕。士道剛才又想說些喪氣話了，想依賴好不容易存活下來的十香。

明明要回報十香、回報所有精靈的方式，就是靠自己的雙腳站起來……！

「妳說的沒錯……謝謝妳，十香。」

士道在腳上使勁，站了起來。理應早已到達極限的身體充滿奇妙的力量。

「我真的——老是受到十香妳的幫助呢。」

「說什麼，我才總是依賴士道你呢。就連現在也是因為有士道，我才能回到這裡。因為有你，我才能站在澪的面前！」

「十香……」

「……原來是這樣啊。」

士道再次呼喚她的名字後，擦拭依舊留在眼眶裡的淚水，抬起頭說：「也對！」

澪瞥了一眼自己被劈開的靈裝，望向十香。

「……果然是妳啊——十香……嗯，我想也是。如果有人能與我對抗，那個人一定是妳。」

「……什麼？」

士道聽了澪說的話，皺起眉頭。

於是，十香像要回答士道的疑惑般開口：

「詳細情形我也不清楚，但是……我──好像是跟大家不一樣的精靈。」

「不一樣的……精靈？」

士道納悶地問道，這次換澪以感慨萬千的語氣接著說：

「……我將自己的力量分成十塊靈魂結晶給予人類，創造精靈……不過，不知是什麼緣故，其中一個靈魂結晶竟然萌生了自我──就宛如我誕生時那樣。」

士道不禁屏住呼吸，望向十香。

「！難道，那就是……？」

於是，澪緩緩點了點頭。

「……小士，我想你應該也發現了吧？其他精靈與十香的差異。其他精靈有，而十香沒有的東西。」

「那是什──」

說到一半，士道赫然抽動了一下肩膀。

那是理所當然的疑問，卻有種自己在不知不覺間遺忘答案的突兀感。

折紙、二亞、狂三、四糸乃、琴里、六喰、七罪、耶俱矢、夕弦、美九。

她們有，而十香沒有的東西。

沒錯。精靈之中，只有十香是唯一——「沒有名字」的。

「……………」

不過，十香聽見這個事實，依然沒有露出慌張的模樣。不，正確來說，她似乎已經知道這件事了。

十香雙眸蘊含著堅定的意志，開啟雙唇：

「——我會感到困惑，也曾因為沒有名字而痛苦。

但是我現在，很感謝這個事實。

因為我沒有名字，才能讓士道幫我取名字。

因為我不是人類，才能像這樣站在士道的面前！」

「十香——」

十香崇高的決心和覺悟，令士道激動得渾身顫抖。

——啊啊，沒錯。為什麼士道會差點心灰意冷，差點屈服呢？明明他就有一個如此可靠的伙伴……！

士道站到將劍指向澪的十香身旁。

「！士道？」

「也許還有什麼辦法。我不會再放棄了——讓我跟妳並肩作戰吧。」

「……！嗯！」

十香用力點了點頭，加強握住〈鏖殺公〉的手的力道。

澪見狀吐了一口長氣，瞇起眼睛。

「……雖然計畫有些被打亂，不過也罷。反正結局是不會改變的。」

宛如回應澪的聲音，澪的背後出現一棵冰冷、毫無生氣的大樹，異空間同時開始膨脹。緊接著，她的頭上出現花朵般的天使。

「……十香，那是？」

「嗯——她說是〈輪迴樂園〉和〈萬象聖堂〉……小心點，這個空間裡的所有法則都是澪制定的。還有，被那朵花發出的光照到的話會死；如果沒有靈力，只要待在附近也會死。」

聽見十香簡潔又令人感到震驚的回答後，士道冒出冷汗。

「……這樣不是超級棘手嗎？」

「是啊，非常難對付——你要放棄了嗎？」

「怎麼可能。」

士道擦拭汗水說道，十香便揚起嘴角邪魅一笑。

宛如以此為暗號，十香朝地面一蹬，用力揮下〈鏖殺公〉。

「唔喔喔喔喔喔喔——！」

劍閃化為衝擊波，逐漸逼進澪。澪一動也不動，打算正面阻擋這一擊。不過——

「……！」

就在十香的劍擊快要觸碰到澪的時候，澪抽動了一下眉毛，立刻將身體向後仰。

劍閃掠過澪的鼻尖——令靈裝的一部分產生些許裂痕。

「——喔喔！」

發出攻擊的十香見狀，瞪大了雙眼。

「太好了，士道！攻擊見效了！」

「是啊……呃，雖然看起來毫髮無傷就是了……」

「你在說什麼啊！之前我使出【最後之劍】都傷不到她一絲一毫喔！」

「妳說什麼……？」

聽見十香說的話，士道皺起眉頭。

澪是力量強大的初始精靈；十香也不像是在說謊。

不過，剛才十香的〈鏖殺公〉確實劈開了澪的靈裝，雖然只劈開些許裂痕。先前和現在，究竟有什麼差別？

是澪手下留情嗎？是澪的力量衰退了嗎？還是——

「……！」

就在這時，士道發現了一件事。

沒錯。十香現在顯現的並非限定靈裝，而是完全狀態的靈裝——不過，士道卻沒有感受到以前十香完全恢復靈力時的那種感覺。

換句話說，十香的靈力依然存在於士道體內。

這究竟意味著什麼？士道不是神，他不知道，但是他強烈認為這是擊潰無敵精靈澪的一線生機，就如同瓦解千里之堤的小小蟻穴。

「…………」

宛如察覺到士道的思緒，澪微微改變表情，將視線移回十香身上。

「……原來如此。這似乎有些麻煩呢。」

然後她輕聲嘆息，重新面向士道。

「——不好意思，十香，接下來我不會再小看妳了。我要盡全力將小士從妳身邊奪回來。」

「我不會讓妳得逞！士道是——」

十香高聲吶喊回應澪說的話，再次朝地面一蹬。

「士道是屬於我的！」

「咦……？」

聽見這出乎意料的話語，士道頓時大吃一驚，但立刻改變念頭，心想現在不是追究這種事情的時候，並加入戰鬥行列協助十香。

「────」

一擊、二擊、三擊、四擊。

澪的視野裡，劍之天使〈鏖殺公〉的劍擊以風馳電掣的速度接連閃爍劍光。

先前這些攻擊，澪一動也不動就能輕鬆擋下。如今，這個天使的確具備破壞她的防護、劈開她的靈裝的力量。

「……原來如此，這是……」

澪擋開劍擊，伸長光帶應戰，同時輕聲呢喃。

沒錯。剛才從〈鏖殺公〉感受到的不只是十香的靈力。

十香恐怕在從澪體內逃脫時，一點一點地奪走了其他精靈和澪的靈力吧。如今的〈鏖殺公〉充滿超越【最後之劍】的濃密力量。

實際上，彷彿證實了澪的推斷，從剛才起，十香的動作便無懈可擊。

——即使澪試圖用〈輪迴樂園〉限制她的行動。

不過，這也難怪。〈輪迴樂園〉是澪的天使。十香畢竟擁有澪一部分的靈力，會不受它的阻礙也是理所當然。

「……想不到妳竟然會奪走我的力量呢。」

澪以十香聽不見的細小聲音呢喃。

那是從煩躁心情冒出來的諷刺，也是因為感到不可思議而吐出的獨白。

——就如同十香自己所說的，她的誕生方式與其他精靈不同。

不，說得更正確一點，她可說是除了澪以外，唯一純粹的精靈。

和澪一樣從無誕生。

和澪一樣沒有名字。

而且——和澪一樣，遇見了士道（小士）。

說起來，算是澪的分身。

這樣的她如今使用澪的力量，站在澪的面前。

如此的機緣，令澪不由得有種莫名的感慨。

「喔喔喔喔喔喔喔喔喔！」

十香發出裂帛般清厲的氣勢，同時高舉〈鏖殺公〉，直接朝澪砍去。

「〈輪迴樂園〉——【枝劍（Anaph）】。」

澪微微抽動眉毛，大聲呼喚這個名字。

瞬間，虛空出現〈輪迴樂園〉的枝椏，有如劍一般鋒利，擋下了十香的一擊。

直接擋下後，澪才再次領會到這一擊的沉重。看來十香不是白白奪走澪的靈力。而且——

「唔喔……！」

「…………」

澪連同〈鏖殺公〉一起將十香震飛後，瞥了士道一眼。

沒錯。因為士道一直從後方利用〈破軍歌姬〉給予十香力量。那無疑是在助十香一臂之力。

不——不只如此。

不知是害怕連累十香還是領悟到對澪不管用，士道始終沒有要直接對澪發動攻擊的意思。

不過，在澪與十香戰鬥的期間，士道一直注視著澪。

他的目光與剛才沉澱於絕望中的眼神截然不同。

——想必此時此刻依然不斷地在思考吧。

思考有沒有辦法能打倒澪；思考有沒有辦法能讓精靈們死而復生。

澪下意識地感覺到自己的心臟一陣緊縮。

「……啊啊，你果然，不適合絕望。」

澪吐出獨白後，倏地露出銳利的視線面對十香。

然後猛然張開雙手，迎擊再次朝她奔來的十香。

「——貫穿吧，〈輪迴樂園〉。」

澪如此吶喊的瞬間，她周圍的空間歪斜扭曲，從中發射出好幾條〈輪迴樂園〉的「樹根」。

「什麼……！」

十香揮開「樹根」，但「樹根」像鞭子一樣彎曲後追趕十香。

〈輪迴樂園〉的法則對獲得澪的靈力的十香確實沒有效用，但若是以〈輪迴樂園〉的「樹根」貫穿十香就另當別論了。澪舉起手，朝十香伸長「樹根」。

不過——下一瞬間。

「十香！」

士道吶喊，突然衝到十香面前。

「……！」

面對突如其來的事態，澪微微抖了一下肩膀，在「樹根」快要觸碰到士道時停止了攻擊。

擁有〈灼爛殲鬼〉力量的士道，即使被貫穿胸口也不會喪命吧。澪正是首先考慮到這一點，才第一個封印擁有治癒能力的〈灼爛殲鬼〉。

但這並不代表澪有辦法貫穿士道的胸口。

因為當士道衝到十香面前的瞬間，澪的腦海裡掠過三十年前——小士被敵人的子彈射中倒下時的光景。

「……唔——」

澪微微皺眉，操縱「樹根」將士道扔向遠方。

「嗚哇……！」

士道發出驚叫聲，滾落到地面。這下子他暫時——至少在自己對付十香的片刻時間——不會來妨礙了吧。

不過，結果造成強行停下攻擊的澪露出一秒的破綻。

而對十香來說，這是千載難逢的好機會。

「——〈鏖殺公〉！」

十香呼喚天使之名，腳跟朝地面猛力一踩。

於是，從地面出現超過十香身高的巨大王座回應她的呼喚。

——【最後之劍】。

目睹王座的瞬間，澪的腦海裡浮現這個詞彙。

劍之天使〈鏖殺公〉，最大最強的一擊；擁有必滅力量的破壞之劍。

若是以前十香使出這一招，澪根本不需要阻擋。

但若是直接受到十香現在釋放出的【最後之劍】的攻擊，即使是澪也不可能毫髮無傷。

既然如此——

「〈萬象聖堂〉——【蕾砲(Henet)】。」

澪將雙手推向前方，虛空中便出現一顆掌心大的球體。

那是死亡花蕾。球體瞬間開花後，從中心朝十香一直線發射死亡之光。

【最後之劍】的確是強力無比的一擊，但顯現【最後之劍】、釋放劍擊需要幾道過程。

召喚王座，分解，纏繞於劍上，舉劍。

而將所有力量集中於劍上的那一瞬間，十香將有片刻處於毫無防備的狀態。只要看準時機朝她發射〈萬象聖堂〉的一擊，即使擁有澪的力量也難以平安無事。

不過——

「——【裝】！」

「……什麼？」

聽見下一瞬間響起的聲音，澪不禁皺起眉頭。

因為十香並非將分解成支離破碎的王座碎片纏繞在手中的劍上，而是宛如鎧甲般覆蓋全身。

然後在千鈞一髮之際扭動身軀，閃過〈萬象聖堂〉的光線。

——將天使穿在身上。令人聯想到四糸乃的【凍鎧(Siryon)】。

天使的能力不只一種。儘管根據靈魂結晶的不同，有各自的屬性，但會顯現出何種能力端看擁有靈魂結晶者的人格，就連澪也無法全然知曉。

至少這是澪第一次目睹這樣的姿態。

「什麼──」

「喝啊啊啊啊啊啊啊啊啊──！」

十香身穿閃耀金光的王座鎧甲，憑蠻力擋開〈輪迴樂園〉的「樹根」和「枝椏」，一瞬間逼近澪。

然後順勢揮舞寶劍，斜砍而下。

──一陣劇痛。以濃密的靈力製造出的靈裝一分為二，澪白皙的肌膚第一次受了傷。

「──」

劍擊發出衝擊波侵襲全身，裂傷噴出鮮血。

啊啊──這是多麼奇妙的感覺啊。

澪自出生到剛才，無人能敵。

沒想到讓她第一次身負重傷的竟然是自己的孩子，也可說是自己的分身。

在莫名的感動與陶醉感之中，澪抬起沾滿鮮血的臉。

「……真有妳的，十香。」

這句話並非對這一擊有感而發。

而是針對十香即使伙伴被殺，即使自己被吸收，依然懷抱著希望站在澪的面前。

「……我對妳那崇高的心靈、意念，表示最大的敬意。

——我也回應妳吧。」

澪如此說完，目不轉睛地盯著十香的雙眼。

然後高聲吶喊。

吶喊她擁有的最後天使之名。

「——〈Ain〉。」

瞬間。

世界充滿光芒。

「……！十香……！」

——十香身穿王座，砍向澪的瞬間，異空間內充滿一片白光。

被澪扔向遠方的士道不禁遮住眼睛，呼喚十香的名字。

然後，不知經過多久。

士道張開眼睛後，眼前只看見靈裝被劈開，渾身是血的澪的身影。

「……！」

看見澪淒慘的模樣，士道感到戰慄和憐憫。還有十香的一擊順利對澪產生傷害的興奮感，同時湧上他的心頭。

不過，士道的意識立刻被緊接著產生的突兀感所主宰。

「十、香……？」

沒錯。唯獨不見剛才砍向澪的十香的蹤影。

於是，澪慢慢吐了一口長長的氣息後望向士道。

「……十香，已經不在了。」

「咦……？」

士道聽見澪說的話，瞬間茫然地瞪大雙眼。

「！妳，該不會！」

但他立刻便意會到這句話所代表的含意。

想必澪將十香視為威脅，便像之前對士道做的一樣，將她傳送到其他地方去了吧。

如此一來，在十香重回此地之前，士道就必須獨自面對澪。不，士道被傳送到附近倒還好，但十香未必被傳送到和士道相同的地方——

就在士道保持警戒思考著這種事情的時候，澪彷彿察覺到他的思緒，緩緩搖了搖頭。

「我並非將她移動到了其他地方。何況這種小技倆對奪走我力量的十香根本行不通。」

「什麼……？那究竟——」

士道說完，澪靜靜地開啟雙脣：

「——我不是說了嗎？她已經『不在』了。不是飛到其他地方，也不是死掉了——而是『消失』了。」

「……妳說……什麼……」

「無之天使〈　　〉會漠視一切條理，『消滅』萬物——我再說一次，十香已經不在了，不存在於這個世界。」

「————！」

澪所說的話令士道不禁屏息。

十香，消失了。

以言語來表達，就只是如此簡單的事情，士道卻無法順利地理解。

「當然，也會一起消滅十香擁有的靈力，所以我原本不打算使用這個天使的……但為了確實解決十香，我只好使用它。

——反過來說，十香逼得我不得不使出絕招。請誇獎十香吧，她只靠對你的愛戀就超越了自己的極限。」

澪一邊說一邊舉起手，撫摸自己的傷口。

於是，宛如影像倒帶一樣，傷口逐漸癒合，緊接著連被劈開的靈裝也恢復原狀。

「……好了，小士，這下子真的沒有人會來妨礙我們了——放心吧。雖然十香的消滅造成幾分靈力喪失，但憑我現有的力量就足以令你不死。接下來只剩將你完全恢復成小士了。」

澪緩緩面向士道。

士道嚥了一口口水。

指尖不住地顫抖，原本偃旗息鼓的絕望再次纏繞住雙腳。

不過——

「——〈滅絕天使〉……！」

士道咬牙切齒，激動地咆哮。

然後舉起手，顯現光之天使，瞄準澪發射無數條光線。

啊啊，現在的狀況確實遠比之前絕望。精靈們全被殺害，就連十香這個最後的希望也慘遭消滅。

不過，士道絕不屈服。他朝無敵的精靈怒吼。

因為士道對十香和精靈們發過誓。

發誓自己絕不再屈服，絕不再放棄……！

「嗚喔喔喔喔喔喔喔喔——！」

士道左手顯現〈冰結傀儡〉，右手顯現〈灼爛殲鬼〉，同時釋放冷氣與火焰。

不過，澪一動也不動地將那些攻擊全部擋了下來。宛如身體表面覆蓋了一層隱形的膜，所有攻擊全都對她不管用。

原來如此，士道終於明白為何十香當初劈開一點點靈裝就如此吃驚了，兩人的力量實在過於懸殊。

不過即使如此，士道依舊不屈不撓。

他嘗試以〈封解主〉封印澪的靈力；試圖用〈贗造魔女〉將澪變成沒有力量的物體；釋放〈颶風騎士〉的強風；響徹〈破軍歌姬〉的聲音；舉起〈鏖殺公〉砍向澪。

士道使用所有他能想到的天使試圖抵抗澪。

然而——

「……沒用的。」

「……！」

澪只說出一句話，便將士道的所有攻擊全部消滅。

下一瞬間，澪輕輕動了動手指，地面立刻冒出類似光帶的物體纏住士道的腳。

「什……這是——」

「抱歉喔，要是放任你跑來跑去也很麻煩。」

澪如此說完，「咚」地朝地面一蹬，描繪出讓人感覺不到重力的奇妙軌道接近士道。

「唔——」

士道拚命掙扎想擺脫束縛。但光帶宛如已跟士道的雙腳同化，緊扒著不放，一動也不動。不僅如此，即使想用〈鏖殺公〉切斷也絲毫無損。

這段期間，澪逐漸逼近士道。

——簡直是窮途末路。

不過，士道依然沒有坐以待斃。

他直到最後都一直觀察著澪，不斷絞盡腦汁。

所以——士道才沒有錯過「那一幕」。

——「一枚子彈射中澪的手」。

「……！」

「……什麼？」

士道的驚愕與澪的聲音重疊在一起。

澪的手毫髮無傷。

但剛才的確有一發子彈射中了她的手。

只是，看起來不像是以火藥發射的金屬塊。事實上，既沒有聞到火藥味也沒有濺出火花。

沒錯。就宛如將黑影固定成子彈的形狀——

「————嘻嘻嘻，嘻嘻。」

彷彿要打斷士道的思考——不，是證實他的猜想。

極具特色的笑聲響徹四周。

「——啊啊，啊啊，看來是趕上了呢。
士道，虧你還活到現在呢。」
「什麼……！」
異空間出現子彈的主人。士道見狀，不禁發出變調的聲音。
有如以鮮血與黑暗染色的靈裝。
綁成左右不均等的黑髮。
以及——左眼閃耀詭異光芒的時鐘錶盤。
沒錯。出現在那裡的是——
「狂三……！」
精靈時崎狂三本人。
「什……這、這是怎麼回事？妳不是被澪殺死了嗎……」
士道呆愣地瞪大雙眼如此說道。
士道親眼目睹澪從狂三的胸口爬出。而狂三化為沉默不語的屍體，甚至連周圍的分身都消失無蹤。
然而，目前的狂三說是幻覺太栩栩如生；說是冒牌貨又「太像狂三」。
「不好意思呀，士道。其實我本來想更早飛奔到你身邊的，但畢竟是第一次，似乎無法順利掌握感覺。」

「……？那是什麼意思……」

狂三故弄玄虛的態度令士道一頭霧水。

於是，澪像是察覺到什麼似的，臉微微抽動了一下。

「……【十一之彈（Yud Aleph）】嗎？」

「咦……？」

「——嘻嘻嘻。」

當士道滿肚子疑惑時，澪說出這句話，令狂三露出猖狂的笑容。

◇

——時間回溯到約一個小時前。

戰場上，時崎狂三的胸口冒出一隻白皙的手臂。

「啊，啊……」

喉嚨顫抖，唇間吐出痛苦的聲音。

看見這異常的光景，狂三的分身不禁大喊：

「『我』……！」

然而，吶喊也是枉然，狂三的聲音越來越虛弱——同時「手臂」慢慢爬出她的胸口。

不久後，出現一名少女。

一名眼神憂鬱，美麗無比的少女。

「「什麼——」」

看見少女的容貌——

狂三周圍的分身群同時屏住呼吸。

看見一名少女爬出正牌的自己的身體，會吃驚也是理所當然。不過，「狂三」群感到驚愕的不單是這件事。

因為所有人——都非常熟悉那名少女的容貌。

——崇宮澪。

將狂三變成精靈的少女。

曾經與狂三並肩作戰的少女。

導致狂三的摯友死亡的少女。

沒錯。她是狂三踏上悠久的復仇之路的起點，與終點。

可恨的初始精靈，就在眼前。

「……！」

認知到這一點時，分身立刻理解了狀況。

狂三前幾天遇見初始精靈，將她吸進了「影子」之中。

吸乾吞食對象時間的〈食時之城〉。落入〈食時之城〉的人將被奪走壽命，直至生命之火熄滅，迎來死亡——照理說應該會如此。

然而，不知是基於何種原理，澪竟然沒有死亡。不僅如此，身體還回春到狂三認識她時的年齡，宛如反過來吸收狂三的「時間」一般。

「嘎……啊……！」

想必正牌狂三也發現爬出自己胸口的少女的真實身分了吧。她發出野獸般的咆哮，在握住短槍的手上施加力量。

「〈刻刻帝〉……！」

於是下一瞬間，宛如回應狂三的呼喚，盤踞在她腳邊的「影子」蠢蠢欲動，被吸進槍口。

然後狂三朝從自己的胸口冒出的澪扣下扳機。

不過，澪卻在前一刻開始動作，剜挖狂三的身體。

「嘎……！……！」

狂三發出痛苦的叫聲，無法維持姿勢。

狂三射出的影子子彈當然沒有射中澪——

「……！」

而是射進位於射線上的一名分身的胸口。

「什……我、『我』……？」

分身按住自己的胸口，彎下身子。

實在太倒楣，太滑稽了。甚至被稱為最邪惡精靈的時崎狂三所射出的最後一擊竟是如此——

「…………！」

不過，分身立刻便發現那枚子彈並不單純只是影子固定而成的。

沒有射中胸口時該感受到的痛楚，反倒是中彈的地方開始散發出捲進漩渦般的感覺，蔓延全身。

「這……難不成是……！」

分身赫然瞪大雙眼，望向狂三。

「…………」

於是，一瞬間。

雖然僅只短短一瞬間——位於死亡深淵的狂三揚起嘴角邪魅地微微一笑。

「啊——」

頓時間，分身察覺了。

狂三的最後一擊並非射偏了。

之所以瞄準澪，是為避免澪發現這次攻擊的真正含意而做出的假動作。

沒錯。認清自己將死的狂三把自己剩餘的力量注入這枚子彈——將它託付給了分身。

〈刻刻帝〉——【十一之彈】。

與將對象送回過去的【十二之彈(Yud Bet)】成對的子彈，狂三的殺手鐧。

將「射中的對象送到未來」的禁忌之彈。

然而她理解了，狂三是以什麼樣的心思將這一擊射向分身。

不需任何話語和指示。因為分身擁有和狂三同樣的意志，擁有和狂三同樣的願望，就是「時崎狂三」。

「……！『我』——」

受託一切的分身忍住想吶喊出聲的衝動，將到嘴的話吞下肚。

澪認為狂三的一擊是瞄準自己，然後射偏了，根本沒注意到分身。那麼怎麼能讓一時的激情白費狂三的心思。

分身以誰也聽不見的細小聲音詠唱般說道：

「——好的、好的。未來——就託付給我吧，『我』。」

分身留下這句話後，便從這個世界消失無蹤。

◇

「──回答得好啊，澪。我是時崎狂三的分身，來自約一小時前的過去，未來交付到了我手中，是派來殺妳的最後一名刺客。」

狂三說完，舉起雙手的老式長槍和短槍。

澪見狀輕聲嘆息道：

「……妳是說真的嗎？妳以為分身敵得過我？」

「是的、是的。真正的『我』被妳殺害，其他分身也煙消雲散──只有我能繼續存在，直到注入【十一之彈】的靈力用盡為止。時間充分得足以殺了妳──！」

狂三如此吶喊後朝地面一蹬，高高躍起，以兩把槍連續射擊。

兩把似乎都是單發式老式手槍。不過，每發射一枚子彈，影子便會被吸進槍口，瞬間裝填完畢。一陣槍林彈雨襲向澪。

「…………」

澪抽動了一下眉毛後，輕輕推了士道的胸口。

沒想到這樣一個隨意的動作便輕而易舉地讓士道猛烈地震飛到後方。

「唔……！」

士道儘管一屁股跌坐在地，視線依然緊盯著澪和狂三。

狂三的子彈朝澪傾瀉而下。

當然，澪根本毫髮無傷，四周流彈跳躍，地面被射出好幾道彈痕。澪的這個舉動大概是不希望士道的——不對，是小士的——身體受到任何一點傷害吧。

於是，狂三彷彿預測到了澪的行動，降落到士道與澪的中間。

「！狂三，妳到底打算做什麼——」

士道瞪大雙眼呼喚其名，狂三便瞥了他一眼，回答：

「我剛才不是說過了嗎？我是來打倒澪的——啊啊，不過，還有另一個目的。」

狂三揚起嘴角邪魅一笑。

「——可能是忘不了和你親吻的觸感吧。」

說完，狂三再次朝地面一蹬，向澪發出攻擊。

「什麼……！」

士道望著狂三的背影，眉頭深鎖。

理由很單純。因為狂三的行動實在太不符合狂三的風格了。

「嘻嘻嘻嘻嘻——！妳是怎麼回事，怎麼一直在防禦呢！」

「…………」

狂三依然用兩把老式手槍不斷對澪發射子彈，但是那些攻擊對澪壓根兒不管用。

——兩者力量的懸殊簡直是天差地別。

狂三不可能不理解這一點。

「這是……怎麼回事？」

正如分身狂三所說，真正的狂三已被澪殺死。

分身不可能戰勝澪，如此簡單的事情，她肯定也心知肚明吧。

然而，真正的狂三臨死之際卻將分身送往未來。究竟是為了什麼？

——明知是白費功夫，還是想向澪報一箭之仇才甘心嗎？

「…………」

不對。士道立刻在腦海裡否定了這個想法。

若做出這種行為的是一般人，士道還能理解。

但是，這麼做的人是時崎狂三。就算那名少女當時處於何種極限狀態，也不可能因為這種想法而發射殺手鐧子彈。

一定有什麼其他目的，不能讓澪知道的其他目的。

沒錯。狂三的覺悟，不會因為面臨死亡這點小事而有所動搖。
士道曾利用【十之彈】體驗狂三的過去，所以他才能確定。
狂三不可能因為這點小事——就放棄。
為了改寫世界，不惜墮入暴虐無道的境地，不斷對抗的狂三。
屢次讓時光倒流，拯救士道的狂三——
（——「可能是忘不了和你親吻的觸感吧」。）
（————啊————）
瞬間。
士道吐出細小的聲音，下意識用手指觸摸自己的嘴脣。
腦海裡有種遺落的拼圖碎片完美契合的感覺。
糾纏在一起的絲線一口氣解開的感覺。
不會錯。狂三肯定——
「……唔，啊……！」
就在士道瞪大雙眼時，前方傳來點綴著痛苦的聲音。
「！狂三……！」
士道赫然抬起頭，便看見狂三全身各處被地面伸出的好幾條光帶貫穿。

「沒必要……感到……遺憾……對吧……」

狂三吐了一口鮮血，眼神空洞地望向士道。

或許是看見士道的表情——她揚起嘴角邪魅一笑。

肯定是感受到了吧。

感受到士道已經找到答案。

「啊——哈……」

狂三輕聲笑了笑，然後無力地倒臥在地——就這麼化為影子消失無蹤。

「……真是令人費解。明知道不可能贏得了我。」

澪露出納悶的眼神俯視狂三原本存在的地方，然後慢慢面向士道。

「總之——這次真的全都解決了。我對各位的意念表示讚賞，對各位的奮鬥給予喝彩……不過，一切的抵抗都是枉然，結果絲毫沒有改變。」

「……枉然？」

士道聽見澪說的話，大喊：

「才沒有……枉然。全部——全部都是必要的。」

「……小士？」

大概是覺得士道的反應出乎意料，只見澪露出納悶的表情。

士道筆直地凝視著澪的雙眼，接著說：

「——因為有大家，因為有十香的奮戰，狂三才趕上了。而狂三……讓我發現了……！」

淚水下意識滴滴答答地從眼眶滑落。

沒錯。全部都是——必要的。

無論欠缺哪一部分，士道肯定都已經永遠失去他的記憶了。

不過，宛如穿針引線般一再發生的奇蹟延續了士道的性命。

士道凝視著澪，吐了一口長氣。

澪確實十分強大，強大得無法以「強」這個詞彙一言以蔽之。

無論士道使用何種手段都不可能擊敗她。

〈滅絕天使〉的光線；

〈冰結傀儡〉的冷氣；

〈灼爛殲鬼〉的火焰；

〈封解主〉的封印；

〈贗造魔女〉的變身；

〈颶風騎士〉的狂風；

〈破軍歌姬〉的聲音；

〈鏖殺公〉的劍擊，全都對澪不管用。

就算二亞殘留的靈魂結晶足以讓〈囁告篇帙〉在實戰上使用，想必結果也是一樣吧。

不過，士道的身體還剩下一個──天使之力。

「……！」

士道──呼喚那個天使的名字。

「──〈刻刻帝〉──【六之彈(Vav)】！」

瞬間，士道的影子蠢蠢欲動──聚集到士道的手中，形成短槍。

同時士道的左眼開始發出機械聲。

沒錯。因為他的左眼變化成金色的錶盤。

狂三擁有的時間天使〈刻刻帝〉。

它的力量隨著狂三的死，被澪吸收──不過唯獨十二分之一的【六之彈】被封印在士道的體內。

過去狂三開玩笑地親吻了士道。因為那一吻被封印的，唯一的子彈。

它的力量──能將中彈者的意識送回過去的身體。

每當士道被殺死時，狂三便親吻他的屍體回收【六之彈】的力量，將自己的意識送回過去。

不過在這個世界，士道尚未死亡。

因此【六之彈】的力量必然還留在士道體內。

話雖如此，士道至今從未顯現過〈刻刻帝〉。

光憑士道一人或許想不到這個方法。

啊啊，原來如此。狂三是為了通知士道他還剩下這個方法，才竭盡最後的力氣，將分身送往未來——！

「……什麼——？」

澪見狀，臉上的表情第一次透露出動搖。

不過——為時已晚。

「啊啊啊啊啊啊啊啊啊啊啊——！」

士道高聲吶喊後，將槍口抵住自己的太陽穴——

扣下扳機。

◇

「————！」

當模糊的意識清醒時——

印入他眼簾的，是滿天的星斗。

「……這裡是……」

士道將面向上方的臉龐朝下，轉頭確認四周的狀況。

玻璃製的天花板，白色房間，牆邊有一臺飲料自動販賣機與些許觀葉植物。士道坐在長椅上，手裡拿著裝著奶茶的紙杯。

——不會錯，這裡是〈佛拉克西納斯〉的休息區。士道將紙杯放到椅子上，連忙從口袋拿出智慧型手機確認顯示在螢幕上的日期。

「——二月，十九日——」

口中吐出上頭的日期後——加強握住手機的力道。

那是〈拉塔托斯克〉與DEM最終決戰，以及精靈們被澪殺死的，前一天。

「啊啊——」

士道做出祈禱般的姿勢，蜷縮起背，忍不住激動地發出聲音。

心中充滿對【六之彈】成功的安心與對大家的感謝。

有種想大叫出聲的衝動。強烈地想要快點離開這裡，緊緊擁抱大家。

「…………」

不過，士道立刻擺出嚴肅的表情，嚥了一口口水。

意識確實透過【六之彈】成功重返過去。士道得以逃脫消滅的危機，擺脫精靈們死去的最糟結局。

不過，這並不代表所有的問題已經解決。

初始精靈崇宮澪。

被稱為〈神祇〉，天下無敵的精靈。

就算回到過去，如果沒有辦法打敗她，依然會走向同樣的結局。

這樣就失去了意義。士道拚命絞盡腦汁。

——之前的世界與現在的世界有哪裡不同；能打破悲劇的可能性。

那就是知道未來會發生何事的士道的存在。士道的一言一行，可說是關乎能否迴避三十幾個小時後等待大家的死亡。

不過想是這麼想，具體應該要怎麼做還是難以找到解答。

士道嘀嘀咕咕地自言自語，開始自問自答。

——乾脆不讓澪出現？

不行。澪早已存在於狂三體內，而且以令音的身分存在於這世上。這個方法根本行不通。

——利用【六之彈】不斷重覆歷史，直到找到解答？

不行。若是改變歷史的結果，是士道與狂三雙方都死在戰場上，根本沒機會使用【六之彈】

——更何況，既然【六之彈】本身是來自於澪的靈力，士道不斷重覆歷史一事恐怕會被澪發現。

——封印狂三的力量，利用【十二之彈】回到三十年前？

不行。這麼做的話，狂三體內的澪就會知道她的企圖，結果還是會落得狂三被殺的結局吧。

「唔……」

士道抱頭苦思。所有方法，所有選項的終點，都有澪的存在。

殺害一切生物，改寫一切法則，消滅一切存在的初始精靈。

假如無法打倒澪，依然無法顛覆任何結局。

「究竟該如何是好——」

就在士道的表情染上困惑之色時——

「——士道？」

背後傳來這樣的聲音。

「……！」

聽見這道聲音的瞬間，士道有種腦海裡千思萬想的思緒頓時拋向九霄雲外的錯覺。

他猛然回過頭，望向聲音的主人。

「你在這種地方做什麼？」

「十香——」

士道瞪大雙眼，茫然地吐出聲音。

沒錯。穿著可愛睡衣的十香就站在他眼前。

仔細想想，這也是理所當然的事。回想起這個時候，士道就曾在休息區遇見十香，與她聊了一會兒。

不過，士道如今沒有餘力思考那種事。

十香。鼓舞士道讓他重振精神，與澪對抗——然後遭到消滅的少女，就站在他的眼前。

士道半下意識地站起來後，張開雙手緊緊擁抱十香。

「十香……十香……！」

「什……！士、士道！」

士道突如其來的擁抱令十香嚇了一跳，但看到士道淚眼婆娑地呼喊自己的名字，十香似乎察覺到了什麼，不久便溫柔地撫摸他的頭。

「嗯，我在——到底發生什麼事了，士道？」

「十香，我——」

士道激動地想向十香吐露內心話。今後會發生什麼事，十香的存在又是如何拯救了士道。

不過——話到嘴邊又嚥了回去。

理由很單純。因為這裡是〈佛拉克西納斯〉艦內。

艦內的主要設施全都裝有擴音器和集音麥克風，在這裡交談的對話會化為音檔保留下來。既然不能保證令音不會查閱音檔，最好還是避免在這裡談論未來的事。

所以，士道頓了一拍後，嘆息道：

「……我作了一個夢。」

「夢？」

「……對，一個討厭的夢。我夢見大家在與DEM的戰鬥中全軍覆沒，而我卻……無能為力。明明十香那麼努力……」

「士道……」

十香莞爾一笑，輕輕拍了士道的背。

「沒事的。夢境一定不會成真。」

十香如此說完，有些開心地接著說：

「嗯……不過，原來我在士道的夢裡努力奮戰了啊。」

看見她那得意洋洋的模樣，士道覺得緊張感稍微緩和了一些。

「……是啊，妳可是大顯身手喔。」

「呵呵，這樣啊。那麼，你說你無能為力可就說錯了。我肯定是為了你才那麼努力的。」

「十香……」

「士道你拯救了我，沒有將身為精靈的我視為敵人，對我伸出了援手。所以我發誓，無論如何都要保護你。」

說完，十香緊緊擁抱士道。

「況且──沒問題的。士道可是應付過我和其他精靈的男人喔，怎麼可能被DEM打倒。」

「哈哈……說的……也有道理呢。」

聽見十香說的話，士道綻放微笑。

十香說的沒錯，目前待在〈拉塔托斯克〉的精靈全都可說是破壞力十足的人型災害。

當然，超越人類智慧的精靈之力和因此引發的空間震，未必是十香她們心之所願。所以士道才能透過對話封印精靈們的靈力，不過──

「──────」

就在這時。

士道突然瞪大雙眼。

「……對喔。是這樣——沒錯呢……」

「唔？怎麼了，士道？」

大概是對士道說的話感到不解，只見十香歪了歪頭。士道再次緊緊擁抱十香，下定決心，同時鬆開十香。

「——謝謝妳，十香。多虧了妳，我好像知道我應該怎麼做了。」

「唔……？嗯，這樣啊！那就好。」

十香表現出一副「雖然一頭霧水但只要士道打起精神就好」的態度，莞爾一笑。

士道點頭回應她，離開休息區。

然後，腳步沉重地慢步走在〈佛拉克西納斯〉綿延不絕的長廊。

「……啊啊。」

士道輕聲呢喃。

——為什麼這麼簡單的事他之前都沒有想到呢？

因為澪的登場太過突然？

因為澪的力量太過強大？

因為澪殺死了所有精靈？

想必以上皆是吧。士道的思緒透過【六之彈】時光倒流，依舊被恐懼和戰慄所支配。

必須打倒澪，士道才能前進。直到不久前，士道都還真心這麼認為，把澪視為「敵人」。

然而——這是錯的。

聽十香這麼一說，士道才想起來。

沒錯。無論力量如何強大，只要對方是精靈，士道從頭到尾該做的就只有一件事……！

「……！」

這時，士道抽動了一下眉毛，停下腳步。

因為他在走廊前方看見一名女性的身影。

隨意紮起的頭髮與雙眸下方的黑眼圈。

——她是〈拉塔托斯克〉的分析官，村雨令音。

精靈澪偽裝的姿態。

士道下定決心般緊握拳頭，再次踏出腳步。

「——令音。」

「……嗯？喔喔，怎麼啦，小士？」

令音以一如往常的語氣說道。不過，如今「小士」這個稱呼，士道已經無法像過去那樣心平氣和地接受。

但是，現在不是沉浸於感傷的時候。士道吐了一口長氣，凝視著令音的雙眼——說道：

「令音——明天，要不要跟我去約會？」

To Be Continued

後記

開始寫這套作品後經過了七年，終於換她登上封面了。

《約會大作戰DATE A LIVE 18 遊戲終結澪》！

初始精靈，在此降臨……！

我是這次開場白走不同路線，語氣熱情的橘公司。第十八集，各位讀者覺得如何呢？如果你們喜歡本書，將是我莫大的榮幸。這恐怖的標題究竟是怎麼回事呢？

事情就是這樣，澪終於登場了。雖然在第十七集的彩頁有出現過，但靈裝是初次登場。つなこ老師的設計總是非常精美，但這次特別漂亮。美呆了。讚到爆炸（詞窮）。

我並沒有設定什麼規則，但精靈的靈裝設計基本上分成兩個主題。一個是成為精靈識別名的屬性，另一個是服裝的方向性。

舉個淺顯易懂的例子，折紙的主題1是「天使」，主題2是「婚紗」；狂三的主題1是「夢魔」，主題2是「哥德蘿莉」這類的感覺。不過，也有像七罪的「魔女」和二亞的「修女」一樣，兩種主題有某種程度的共通性，但其本上是由這兩種成立的。

但我自己不太了解服飾，大多只設定主題1，然後和つなこ老師商量主題2。這次澪的情況，我也不知道她的靈裝外觀要設計成什麼樣，只提供主題1「神祇」與設定上的必要要素。

而つなこ老師回覆給我的就是這個設計，概念是「孕婦裝」。原來如此，還有這一招啊……！讓我恍然大悟，深感佩服。

包含設定在內，簡直完美無缺。太棒了。如此能幹的貓熊，除了她還有誰？

就如同第十七集，這次我也寫了一直想寫的場景，寫得非常盡興，感覺把憋住的氣一口氣吐出來一樣。尤其是結尾部分士道的場景，我是一邊大喊「嗚喔喔喔喔喔喔喔！」一邊寫的。由於責編提出這一幕一定要畫成插畫，想必一定會畫出十分帥氣的士道吧。還沒看的讀者，請立刻前往本篇！

另外，東出祐一郎老師執筆的狂三外傳《約會大作戰DATE A BULLET 赤黑新章》近期也即將發售第三集，請各位多多支持！那名白色的女孩究竟是何方神聖……！

新一季的動畫目前也在準備當中，希望能逐步公開追加消息，請各位一起期待！

後記

那麼，這次也承蒙多方人士照顧才得以完成。つなこ老師、責任編輯、美編草野、編輯部、營業部、通路、販賣等所有相關人員，以及拿起本書閱讀的各位讀者，向你們致上由衷的謝意。

所以，接下來是第十九集，之後究竟會如何發展呢？緊張刺激。

那麼，期待下次再相會。

二〇一八年二月　橘　公司

約會大作戰DATE A BULLET 赤黑新章 1~3 待續

Kadokawa Fantastic Novels

作者：東出祐一郎　原案·監修：橘公司　插畫：NOCO

狂三這次變成了七歲的模樣？
另外，白女王的真面目究竟為何？

　　狂三分身告知神祕少女白女王的真面目——「她是時崎狂三的反轉體。是與我們水火不容的存在。」而時崎狂三與白女王戰鬥失敗，被囚禁在第三領域。狂三在緋衣響的協助之下，試圖逃跑。然而，狂三中了第三領域的陷阱，變成七歲的模樣——？

各 NT$220~240/HK$68~75

約會大作戰
DATE
A
LIVE
ENCORE
安可短篇集
DATE A LIVE ENCORE 7
SpiritNo.7
Height144 Three size B69/W55/H70
橘公司
The author
Koushi Tachibana
7
Kadokawa Fantastic Novels

賢者之孫 1~7 待續

Kadokawa Fantastic Novels

作者：吉岡剛　插畫：菊池政治

「魔人領攻略作戰」開始！
破天荒超人氣異世界奇幻故事第七彈登場！

「魔人領攻略作戰」終於開始，終極法師團協助各國聯軍，作戰順利進行，此時發現到魔人眾的蹤跡！各國聯軍逐漸抵達魔人領中心地帶的舊帝國，為總攻擊稍作休息時，部分急於建功的軍人擅自對魔人軍團發動攻擊！西恩等人察覺到戰鬥動靜趕往現場……

各 **NT$200~220/HK$60~75**

國家圖書館出版品預行編目資料

約會大作戰DATE A LIVE. 18, 遊戲終結澪 / 橘公司
作 ; Q太郎譯. -- 初版. -- 臺北市 : 臺灣角川,
2019.03
面； 公分

譯自：デート・ア・ライブ 18, 澪ゲームオーバー
ISBN 978-957-564-816-9(平裝)

861.57 108000478

Kadokawa
Fantastic
Novels

約會大作戰DATE A LIVE 18
遊戲終結澪

（原著名：デート・ア・ライブ18　澪ゲームオーバー）

2019年3月13日　初版第1刷發行
2024年7月3日　初版第8刷發行

作　者：橘公司
插　畫：つなこ
譯　者：Q太郎

發行人：台灣角川股份有限公司
總　監：呂慧君
總編輯：蔡佩芬
主　編：林秀儒
編　輯：孫千棻
設計指導：陳晞叡
美術設計：吳佳昀
印　務：李明修（主任）、張加恩（主任）、張凱棋、潘尚琪

發行所：台灣角川股份有限公司
地　址：104台北市中山區松江路223號3樓
電　話：（02）2515-3000
傳　真：（02）2515-0033
網　址：www.kadokawa.com.tw
劃撥帳戶：台灣角川股份有限公司
劃撥帳號：19487412
法律顧問：有澤法律事務所
製　版：巨茂科技印刷有限公司
ISBN：978-957-564-816-9